さよなら

KANO
NARUSE

成瀬かの

CHOCOLAT
BUNKO

ILLUSTRATION 小椋ムク

CONTENTS

さよなら

閉店したコーヒーショップの前で、天木怜也《あまきれいや》は俯《うつむ》き携帯《けいたい》をいじっている。既《すで》に夜は遅く、駅前とはいえ人通りは少ない。

時折《ときおり》低い地響きが聞こえ、改札から人が吐き出されてくる。その度《たび》顔の角度が変わり、眼鏡《めがね》が蛍光灯の光を反射した。長めの前髪がさらりと流れ、理知的な印象を与える黒い瞳が待ち人の姿を探す。

今日は天木の誕生日だ。

毎年この日は幼馴染《おさななじ》みが誕生祝いをしてくれる。今年も食事をする約束をしていたのだが、急な仕事が入って遅くなるというメールがあり、天木はずっとここで待ちぼうけを食らっていた。

ぼーっと立っていると、段々幼馴染みが本当に来てくれるのか不安になる。

――もう時刻も遅い。一旦《いったん》家に帰った方がいいのかもしれない。

――誕生日だっていうのに、あの家に一人で帰らなければいけないのか……。

天木は都心に近い古い団地の一角で暮らしている。一人暮らしだが、部屋は一家三人が悠々《ゆうゆう》と暮らせる程広い。

両親は天木が十八歳の時に離婚し、父親が家を出て行った。それで落ち着くのだろうと天木はぼんやりと思っていたのだが、数年後、母親も新しい恋人のマンションへと去り、天木は一人取り残された。

両親の事はあまり好きではなかったが、引っ越しが終わり誰もいない部屋を見た瞬間、ひどく空虚《くうきょ》な気持ちになった。

毎月両親それぞれから仕送りを受け、天木は大学を卒業した。就職してからはそういうやりとりもなくなり、親子を繋《つな》ぐのは他人行儀な年賀状だけになった。新しい恋人と幸せに暮らしているのだろう、天木の誕生日だからといって特に連絡をくれる事もない。

別にこの年で親とべたべたとした付き合いをしたいとは思わないが、こういう日に母親や父親が使っていた家具がそのまま並んでいる部屋に一人で帰るのは何となく厭《いや》だった。

——このままあいつが来なかったら、どうしようか。

冷たい風を避けようと、天木はコートの襟《えり》を掻き合わせる。その時、不意に誰かが横合いから抱きついてきた。

「怜也」

頬に柔らかなものが押しつけられる。

その瞬間、ふ、と寒さがやわらいだような気がした。

「大成《たいせい》……？」

首を竦《すく》め振り返った先では、幼馴染みが悪戯《いたずら》っ子のような顔で笑っていた。

――来てくれた。

冬の日溜《ひだ》まりのような安堵《あんど》が胸の裡《うち》に広がる。

この幼馴染みは一度だって約束を違《たが》えた事がない。

嬉しかったが、天木は心を鬼にして背の高い男を押し退けた。

「遅れて来た上何をする、このキス魔め！」

こんな所を知っている人に見られたらまずい。だが大成は気にする様子もなかった。

「だーいじょーぶだって。こんな時間だ、皆酔っぱらいがふざけているんだと思ってくれるさ。それよりごめんな、遅くなって。寒かったろ、どっかに入って待っててくれればよかったのに」

手が心地《ここち》よいぬくもりに包まれる。あたためてくれようとしているのだとわかったが、天木は顔を背けた。

「どこかって、どこにだ？　大成」

萩生田《はぎおだ》大成はぐるりとあたりを見回し、気まずそうに頭を掻いた。

カフェもファストフード店も既に閉店してシャッターが閉まっている。

「あー。とりあえず、いつもの店でいいか？」

「ん」

二人は肩を並べて歩き出した。大成の方がかなり背が高いので、シルエットだけ見れば男女が寄り添って歩いているようにも見える。

端然とした容姿のせいか冷たく取り澄ました印象が強い天木とは対照的に、大成はいかにも男性らしい精悍《せいかん》な顔立ちをしていた。スーツを着ていても近所のお兄ちゃんのような親しみやすい雰囲気がある。

「誕生日なのに代わり映えのしない場所で悪いな」

「そのうち埋め合わせしてもらうからいいさ」

「うわ、こわっ」

下らない事を言い合いながら、二人は家に帰る途中にある店の暖簾《のれん》をくぐった。

カウンター席と二人掛けのテーブルが三つあるだけの小さな店は、安い上に味もいい。誕生日を祝う場所としてはいささかチープだが、大成は薄給だ。天木に贅沢《ぜいたく》を言う気はない。

毎年誕生日を忘れず、食事を奢《おご》ってくれる。それだけで天木は充分嬉しかった。

「チューナマふたつね」

人懐《ひとなつ》っこい笑みを浮かべた大成がコートを脱ぎながら注文をする。もう時刻も遅いので客は少ない。スーツ姿になると、大成は空いている席にコートをかけ、窮屈《きゅうくつ》そうに長い足を組んで斜めに座った。テーブルの下に棚があるせいで膝がつかえてしまうのだ。

天木も椅子を引き気味にして座ると疲れたように息を吐き、ネクタイを緩める大成を眺めた。

いい男だなと思う。

もてるだろうに、どうして自分の傍《そば》にいるんだろうとも、思う。

「はい、チューナマ二つ」

「どーも」

大成が立ち上がり、カウンターに置かれた飲み物を席に運ぶ。天木が受け取ると、表面に薄く氷の付いたジョッキが小さな音を立て打ち合わされた。

「ハッピーバースデイ、怜也」

そう言ってジョッキを翳《かざ》してみせた大成に、天木はどうもとクールに答える。

一気に半分ほどもジョッキを干し、大成は満足げな溜息《ためいき》をついた。

「怜也ももう二十六歳かー」

「おまえだって二十六歳になってから一年も経ってないだろう」

「そーだけど！　やっぱりそれなりに感慨《かんがい》深いものがあんだって」

とん、とカウンターに置かれたお通しの枝豆を、今度は天木が取りに行く。

「ところで昨夜、大成のおばさんに、里芋《さといも》煮たのいただいたぞ。明日の朝、時間があれば顔を出して礼を言うつもりだが、大成からもおいしかったと伝えておいてくれないか」

大成と天木は、赤ん坊の頃から同じ団地の隣の部屋に住んでいる。

小さな頃から大成の母親は優しかったが、天木の母親が出て行ってしまってからはそれこそ本当の身内のように天木を気遣い、何くれとなく面倒を見てくれるようになった。

「俺が残業でしんどい思いをしてる間に、何二人でよろしくしてんだよ」

「色々気を使ってくださっているんだ。いい年をして頬を膨《ふく》らませるな」

眉を顰《ひそ》めてみせると大成がに、と笑う。大成は今日、少し浮かれているようだ。

カウンターから出てきたおばちゃんが煮物をテーブルに運んでくる。少し離れた席に座っている男たちからわっと大きな笑い声があがった。かなりできあがっており、声が大きい。うるさいが、会話を聞かれる心配がなくて気楽だ。

「あの、さあ」

ちろりと天木の表情を窺《うかが》った大成がジョッキを置き、組んでいた足を直した。両手を膝の上に置き、顎《あご》を引く。かしこまった様子に、天木も枝豆を摘《つま》む手を止めた。

「何だ？」

「前々から考えていたんだが、俺たちそろそろ一緒に暮らさねえ？」

上目遣いに見つめられ、天木は首を傾げた。

一緒に、暮らす？

「おばさんは――何て言ってるんだ」

「まだ言ってないけど、問題ないだろ。だって二十六だぜ？　いつまでも親元にいる年齢じゃない」

「そう、だが」

「その際にさ、親にも言おうと思ってんだ、俺たちの事。すぐ近くにいるのに黙っているなんて、騙《だま》しているみたいで嫌だしよ。怜也とはずーっと一緒にいるつもりなんだし、そろそろけじめをつけたい」

天木はテーブルの下でスーツの膝を握りしめた。

天木と大成はただの幼馴染みではない。もう十年も前から恋人として付き合っている。だが大成の家族は、息子と天木が友達以上の関係である事を知らない。

「なあ、怜也、いいだろ？　金も結構貯まってきてるんだ。経済的には何とかなると思う」

やけにケチケチしていると思ったら、そういう事を考えていたのか。

しかし――いいんだろうか？

大成の両親はいい人だが、事が事だ。もしかしたら受け入れられないかもしれない。そうしたら、萩生田家は滅茶苦茶《めちゃくちゃ》になる。

知らなければ皆、幸せでいられるのだ。

真剣に考える天木の革靴を大成の爪先《つまさき》がつつく。

「いいって言えよ。俺はもう覚悟を決めてんだ」

天木を見つめる大成の眼差《まなざ》しに迷いはない。

――そんな事をして、本当にいいのか？　何年か何十年か後、おまえは後悔するんじゃないのか？

大成の為には駄目だと言った方がいいのに――天木は誘惑に逆らえなかった。

天木もまたこのまっすぐな男が好きだったからだ。

ん、と天木が小さな声で答えると、大成は小さなテーブルの表面をとんとんと指先で叩いた。

「うし！　決まりだな。じゃあ、怜也、手をこっちに伸ばして。左手な」

天木がちらりと盗み見た顔には、怖いくらい晴れやかな笑みが浮かんでいた。

言われた通りテーブルの下へと手を伸ばすと、妙に熱く感じられる手が天木の手を捕らえ、薬指の先から根本へと冷たい金属の輪を押し込む。

「へへ」

輪の上を軽く指の腹で撫でてから大成が手を放す。天木はそろそろと手をテーブルの上に引き出し、眺めた。

何もなかった薬指に、プラチナの指輪が光っている。

大成の指にも揃いの指輪がはめられていた。

「まあなんだ。これからもよろしくな」

イイ笑顔でそんな事を言われ、天木はたまらない気分になった。

誕生日だというのに泣かされそうだ。口惜《くや》しくて天木は大成の向こう脛《ずね》を蹴飛ばす。

「こら、いてーぞ。それから人の足蹴っておいて、そんな顔すんなよな。チューしたくなっちまうだろーが」

「こんな所でチューとか言うな」

愛情に満ちた言葉が天木の裡を満たす。

あんまり幸せすぎて、目眩《めまい》がしそうだった。

――今が永遠に続けばいいのに。

そう、天木は願う。

だが天木の人生はいつだってお話のようにはうまくいかない。

＋　＋　＋

遠く微《かす》かにサイレンの音が聞こえる。

気が付くと天木はベッドの上に横たわっていた。

糊《のり》が利きすぎたシーツの感触は堅く、どこかよそよそしく、天木の肌に馴染まない。

白い壁に白い天井。ベッドを囲う白いカーテン。窓辺にもカーテンが引かれている。外はいい天気なのだろう、白い生地《きじ》が光を放っているようだ。

ぼんやりとした不安を覚えながら起きあがると、長い前髪がはらりと頬に落ちた。

緩慢《かんまん》な動作で髪を後ろに掻き上げようとして、天木は初めて自分の右手に包帯《ほうたい》が巻かれているのに気が付く。目の前に持ち上げてみると、肘から手の甲まで、それから人差し指と中指にも包帯が分厚《ぶあつ》く巻かれていた。些細《ささい》な動きに躯《からだ》のあちこちがぎしぎし痛む。

天木は、眠気を振り払うべく瞬いた。

ここは、どこだ？

今日は――そうだ、今日は大成の誕生日の筈《はず》だ。

夕方から会う約束を取り付けていたから、朝早く起きて洗車他の用事を片付けるつもりで布団に入った。もちろんその時には痛みも包帯もなかった。

私はいつ怪我《けが》をしたんだ？　一体何があった？

眼鏡がないせいで天木を取り巻く世界はひどく捕らえ所のない曖昧《あいまい》なものと化している。

天木は目を眇《すが》め、慎重に身を乗り出した。

天木が横たわるベッドの足下には、女性が一人、背中を丸めて座っていた。

先刻から微動《びどう》だにしないので眠っているのかと思ったのだが、距離が狭《せば》まると目が見開かれているのがわかった。化粧気のない顔は青白く、天木を凝視する目つきには鬼気《きき》迫《せま》るものすらある。

「おばさん？」

女性は大成の母親だった。

「おばさん？」

反応がないのでもう一度問いかけると、細い肩が大きく跳ねる。

「あ、ああ——、ごめんなさい、ちょっとぼんやりしちゃって」

俯き目元を擦る骨ばった手を天木は心配そうに見つめた。

大成の母親は天木にとってももう一人の母親のような存在だった。憔悴《しょうすい》した様子に、天木もまた、落ち着かない気分になる。

「大丈夫ですか？　随分《ずいぶん》疲れた顔をしている」

「大丈夫よ。怜也くんこそ大丈夫？」

「はい」

「ごめんなさいね、怜也くんのお母さんに連絡を取ろうとしたんだけど、前聞いていた電話番号から変わってたみたいでできなくて」

「？　そうなんですか？　あの、ご面倒お掛けして、すみません」

天木はぎこちなく頭を下げた。どうやら自分は、家族に連絡を取らねばならないような状況に陥《おちい》っているらしい。

「ううん、いいのよ。気分はどう？」

熱をはかろうとするかのように額《ひたい》に手を当てられ、天木は小さな笑みを浮かべた。

「悪くありません。でもここはどこですか？　病院のように見えますが、私はどうしてここに？」

状況を把握《はあく》しようとしただけなのに、大成の母親の動きが止まった。凝然《ぎょうぜん》と天木を見つめている。どうしてそんな目を向けられるのかわからず天木が首を傾げると、母親は乾燥して割れた唇を開いた。

「覚えて、いないの？」

「はい」

母親は虚《うつ》ろな表情で黙り込む。どうしたんだろうと思いつつ、天木は言葉の続きを待つ。おそらく無意識にしているのだろう、母親は筋《すじ》の浮いた手の甲をもう一方の手で擦っている。単調な仕草《しぐさ》に妙に不安が掻き立てられた。

「事故が、あったのよ。大成が、あなたの車をぶつけたの」

衝撃的な言葉に、天木は顔を強ばらせた。

事故？

状況から察するに自分は助手席に乗っていたようだが、何も覚えていない。

「本当に？　何も思い出せないんですが――ぶつけられた？　それとも、ぶつけた？」

「路肩《ろかた》の電柱に突っ込んだの。居眠りをしていたんじゃないかって、警察の人たちは言っていたわ」

「まさか。大成はそんなバカをするような奴じゃない」

「そうね」

母親が弱々しく笑む。

その表情に、天木の心臓はどくんと大きく跳ねた。

息子が事故に遭ったのに、なぜ大成の母親はここにいるのだろう。

大成は。

大成はどうしたのだろう。無事なのだろうか。

「おばさん。あの、大成は——？」

天木の言葉が終わる前に靴音が近づいてきた。ベッドを囲うカーテンが開かれ、ランナーがレールを滑る音が静かな病室に響きわたる。

天木は大きく目を見開き、新たな登場人物を見つめた。

見慣れた長身が開いたカーテンの向こうにそびえ立っていた。天木が目覚めているとは思わなかったのだろう、驚いたような顔で動きを止める。

「目が覚めたのか」

天木は全身から力が抜けるような安堵を覚えた。

「何だ、無事だったんだな、大成。おまえは怪我はないのか？」

天木の言葉に大成はなぜか表情を曇らせた。問うような視線の先にいた母親が立ち上がる。

「ちょっと席を外すわね。私、お医者様の所に行ってくるから、あなた、怜也くんに付き添っていてくれる？」

「……え。あ、はい……」

傍らに置いてあったバッグを手に取ると、母親は軽く息子の肩を叩いて部屋を出て行った。

大成は半ば開いたカーテンの横に突っ立ったまま天木を見つめている。

天木は唇の両端を引き上げると、大成に向かって手を差し伸べた。

「大成、来いよ」

「あ……ああ……」

狼狽《うろた》えたように数度瞬き、大成は躊躇《ためら》いがちに歩み寄ってきた。

「その辺に眼鏡がないか？　何も見えないんだ」

「眼鏡？　ああ、ここにある。これか？」

大成がテーブルの上からひょいと眼鏡を取りあげる。差し出された黒いフレームの眼鏡をかけると、天木は前髪を掻き上げた。クリアになった視界に大成の姿がはっきりと映し出される。

運転席に座っていたという割には大成は元気そうだった。怪我をしている様子もない。

天木は淡く微笑《ほほえ》み大成の袖を引いた。

「立ってないで座れ」

大成がぎこちない動きで天木の傍らに腰を下ろすと、体重を受けたベッドがぎしりと沈んだ。

事故を起こしてしまった事を気にしているのか、大成の表情は暗く、天木の顔を見ようとしない。

辺りを見回して誰にも見られていないと確認し、天木は思い切って大成の肩口に頭をもたせかけた。

「目が覚めたら病室でびっくりしたよ。でもおまえの顔を見たらほっとした」

大成は正面を向いたままだ。唇を引き結び、白い壁を見つめている。

「何だ、落ち込んでいるのか、大成。大丈夫だ。他人に怪我させた訳じゃないんだろう？車なんか直せばいいいんだし——ま、それなりの費用負担は覚悟してもらうが——何も問題はない。それよりおまえに怪我がなくて、良かった」

シーツの上に置かれた骨ばった手に、天木が無事な方の手を重ねると、大成はひくりと肩を揺らした。

「…………っ」

精悍な顔が苦しげに歪められる。

どうやら大成は精神的に随分キているようだ。どうやって慰《なぐさ》めてやったらいいのだろう

と考えていると、いきなり躯の向きを変えた大成に躯を囲い込まれた。

突然の抱擁《ほうよう》に、天木は小さく息を呑む。

手加減してくれているようだったがそれでも躯のあちこちが痛みを発し、天木は顔を顰《しか》めた。

「こらやめろ。おばさんが戻ってきたらびっくりするだろう」

叱りつける声こそ冷ややかだったが、天木は大成を引《ひ》き剥《は》がそうとしない。それどころか張り詰めた背のラインにそっと掌《てのひら》を添える。

触れ合った場所から大成の体温が、鼓動《こどう》が伝わってくる。その確かな存在感に強ばっていた気持ちがほどけた。

「あんたが生きていてくれて、よかった」

だが、切なげな呟きを耳にした瞬間、天木は、あれ、と思った。

『あんた』?

反射的に身を引くと、大成が怪訝《けげん》そうに首を傾ける。

「どうした」

「――――いや――――」

ぼんやりとした不安を覚えたが、天木は再び大成の肩口にこつんと額をあてた。沈んだ雰囲気を打ち消そうと軽い口調で釘《くぎ》を刺す。

「これに懲《こ》りたら二度と事故なんか起こすなよ」

「ああ、そうだな」

大成が目を伏せ静かに笑う。

あるかなしかの風に、白く光るカーテンが波打つ。

妙に胸が騒いだが、天木は深く考えなかった。事故があったが、二人とも命には別状がなかった。今はそれで充分だ。


大成の母親は病室を出ていったきり戻ってこなかった。

しばらく後やってきた看護師は医師を伴《ともな》っていた。簡単な診療の後、警官が招き入れられる。天木が目覚めるのを待っていたらしい。

警官と話をして、天木は初めて己《おのれ》が半日も意識を失っていた事を知った。

大成の母親が言っていた通り、大成は昨夜天木と食事をしに出掛け、その帰途《きと》事故を起こしたらしい。天木は助手席に乗っていた。

いつもは運転を嫌がる大成がなぜこの夜に限って天木の車のハンドルを握っていたのだ

ろう。天木には思い出せなかったが、とにかく愛車は廃車にするしかない程大破してしまったらしい。

様々な質問がなされたが、事故前後の記憶を失ってしまった天木に答えられる事はほとんどなかった。

警官から解放されると、幾つか検査を受けさせられる。その隙間を縫《ぬ》って天木は携帯であちこちに連絡を入れた。

両親にもかけようかと考え、やめる。

別に何かして欲しい事がある訳ではない。それなら知らせるだけ無駄だ。

携帯電話の使用が許されているロビーから待合室となっている廊下に戻ると、天木は用心深くソファに腰を下ろした。乱暴に動くと躯の節々《ふしぶし》が痛み、百歳も年をとってしまった心持ちがする。

「そういえば、おばさんは?」

売店で買ってきたのだろう、新聞を読んでいた大成がちらりと目を上げた。

「先に帰った」

事故を起こしたせいでへこんでいるのか、大成の物言いは極めてそっけない。

「そうか。お礼を言い損ねてしまったな。大成も長い時間付き合わせて悪い」

天木は順番を待つ患者がぎっしり座っているソファや椅子を眺め、溜息をついた。看護師の指示に従い番号を呼ばれるのを待っているのだが、一体どれだけ待てばいいのかわからない。退屈だろうに、大成はずっと天木に付き添っている。

「気にするな。ところで、呼ばれているぞ」

大成が顎で指した先に目を遣ると、天木の番号がモニタに表示されていた。

天木は急いで診察室に入る。どこかユーモラスな丸眼鏡をかけた医師が天木を迎え、種々《しゅじゅ》の検査の結果を説明した。

腕にはヒビが入り、痛めた指も曲がらない程腫《は》れ上がっていたが、天木の怪我はそれだけだった。患部《かんぶ》は固定され、念の為腕も吊られている。

天木は記憶の欠落がある事を訴えたが、医師は検査の結果、頭部には異常がなかったと言うだけだった。

「もう帰ってくださって構いませんよ。こちらの用紙を一階ロビーの会計にお持ちください。お薬が出てますので受け取るのを忘れないように」

看護師が数枚の紙が挟まれたフォルダを天木に手渡す。天木が診察室を出ると、大成が新聞を畳み立ち上がった。エレベーターで一緒に一階まで下りる。

会計を済ませた頃には、もう空が暗くなってきていた。

コートのない天木は、外に出るなり凍《こご》える程の寒さに晒《さら》され身を縮めた。吐く息が白く煙り、闇に散ってゆく。

「すぐ戻る。ロビーの中で待っているといい」

大成がソファに向かって顎をしゃくってみせ、がらんとしたロータリーを足早に歩き出した。タクシーを拾ってきてくれるのだろうと思った天木は素直にあたたかい建物の中へと戻る。

受付時間はとうに終わっており、だだっ広いロビーにはほとんど人がいない。灯りも落とされ、物寂しい雰囲気だ。

大勢の入院患者がいる筈なのに夜の病院はどこか薄気味悪く、死の気配《けはい》に満ちている。

天木は端のソファに腰を下ろし、両手を握り合わせた。

＋　＋　＋

先月——天木の誕生日から三ヶ月が経った頃の夜。

ソファの上で目覚めた天木はしばらくそのままぼうっとしていた。暖房をつけたまま眠ってしまったせいで、ひどく喉が乾燥している。

起きあがろうとすると胸の上から携帯電話が滑り落ちた。

ソファに寝転がって携帯をいじっていて、そのままうたた寝してしまったのだろう。起きて持ち帰った仕事を片づけねばと思いつつ、天木は拾い上げた携帯を開く。

時刻は夜明け前。メールや電話の着信を知らせるアイコンは表示されていない。

「今日も何の連絡もなし、か」

ガラステーブルに携帯を置くと、天木はソファから立ち上がりキッチンへと向かった。冷蔵庫からミネラルウォーターを取り出し、キャップを捻る。

半分ほど飲み干して冷蔵庫の中に戻そうとすると、手の込んだサラダパスタが入ったタッパーが目に入った。

大成はまだカミングアウトしていないのだろう、母親の態度に変化はない。相変わらず天木の食生活を心配し、マメに食べ物を差し入れてくれる。

だが天木はここ二ヶ月ほど、肝心《かんじん》の大成と会っていなかった。

家にも帰ってきていないらしい。タッパーを持ってきてくれた母親が、いつまで出張が続くのかしらと嘆いていた。

仕事で会えないのは仕方がない。だが大成はメールにも電話にも応答しなかった。

「誕生日、どうする気なんだ、あいつは……」

今度は大成の誕生日が近づいてきつつある。

天木はもう一度携帯のメールフォルダを開き、大成から来た一番新しいメールを眺めた。あんまりにも連絡が取れなくて不安になった天木が職場に電話でもしてやろうかと思い始めた頃、ようやく届いたメールには、仕事が忙しいので当分放っておいて欲しい旨《むね》が記《しる》されていた。

いくら仕事が忙しくたって、寝る前に短文メール一通打つ暇《ひま》もないなんて事があるものかと天木は思う。

先の誕生日に、大成は一緒に暮らそうと言ったが、それきり何の準備も進んでいない。もしかして、と天木は邪推《じゃすい》する。

ついに自分に対する気持ちが冷めてしまったのだろうか。だから連絡を絶って、自然消滅を狙っている？

指先から冷えてゆくような感覚があった。

――仕方がない。大成は自分にはもったいないくらいいい男だ。学生の頃から大成の周りには男女を問わず人が集まってきた。

今まで天木としか付き合った事がなかったが、本当は大成は女性も大丈夫なのかもしれない。自分の知らない所で、いい人と巡り合ってしまったのかも。

――もしそうならこんな回りくどい事などせず一言別れたいと言えばいいのに。

天木は壁により掛かり、窓の外を眺める。窓ガラスに映った自分の顔は能面のように無表情で、青白かった。

天木は素早くキーを押すと、もう一週間も前にもらったメールへの返信文を作り始める。

放っておいて欲しいと言うなら放っておいてやる。だがおまえの誕生日には必ず時間を作れ、と。

＋　＋　＋

ロータリーに入ってきた車のヘッドライトがガラス張りのロビーを薙《な》いだ瞬間、すべてのものが白く浮かび上がる。大成が戻ってきたのだと思いそそくさと病院から出た天木は、吹き付けてくる冷たい風に身を竦めた。

滑らかに減速し目の前に停まった車に小走りに近づき——天木は瞠目《どうもく》する。

病院の薄暗いライトに照らし出された車のボディは鮮やかなメタリックブルーだった。綺麗な流線型の車体。腹に響くようなエンジン音。

男なら一度は所有してみたいと思うスポーツカーの中に、大成が座っていた。

「乗って」

運転席に座った大成が身を乗り出し、扉を開ける。

天木は混乱しつつも、助手席に乗り込んだ。

恋人の誕生日ですら定食屋で済ませるくらいである。大成は車など所有しておらず、出かける時はいつも天木の車を使っていた——筈なのに、これは一体どうした事だろう。

「この車、どうしたんだ。まさかわざわざ借りてきたのか？」

「——ああ。知り合いに、借りた」

天木は驚き大成を凝視する。

「借りた？　事故を起こしたばかりなのに、よく貸してくれたな。おまえも怖くないのか？」

天木に事故当時の記憶はないが、今冷静にハンドルを握れる気はしない。

大成は一度瞬き、目を逸らす。

「――あんたの怪我がどれくらいかもわかっていなかったし、車が必要になるだろうと思ったから」

――また『あんた』と言った。

カーナビの上を走る大成の指先を天木は目で追う。

天木の使っていたものとは操作方法が異なるようだが、大成に迷いはない。

――まるで使い慣れているみたいだ。

かすかなライムの香りが鼻をくすぐる。天木は天井のライトを点け、車内を見回した。ティッシュの箱が一つおいてあるだけの車内は綺麗で私物の一つもなかったが、大成の存在はこの車にしっくり馴染んでいる。だが天木は、こんな車に乗る大成など、知らない。

「大成。何故《なぜ》『あんた』なんて言葉を使うんだ。そんな呼び方、今までしてなかったのに」

「――そうだったか？」

「そうだ」

大成はいつも『怜也』と天木を呼んでいた。

ざわりと肌が粟立《あわだ》つ。

――こいつやっぱり別れる気なんじゃないだろうか。だからこんなによそよそしいんじゃないだろうか。

天木の探るような視線を、大成は無表情に受け止める。黒い硝子玉《がらすだま》のような瞳からはどんな感情も読みとれない。

永遠にも感じられた沈黙の後、大成がふっと表情を緩め、天木の頬に優しく掌を添えた。

「ごめん。もうあんたなんて言わないから、そんなに不安そうな顔をしないでくれないか、

――――怜也」

怜也。

甘い飴《あめ》を舌の上で転がすように、大成は天木の名を発音した。

得体の知れない違和感を覚え、天木は眉を顰める。

「別に不安そうな顔なんかしていない」

「そうだったな。わかっているから怒るな、怜也」

むきになっている子供をあやすように指先でするりと天木の髪を弄《もてあそ》ぶと、大成はさりげなく身を乗り出して天木がシートベルトをするのを手伝った。

上品なグレイのスーツで包まれた腕を伸ばしライトを消すと、再び暗くなった空間に計器類の光が浮かび上がる。

アクセルを踏み込む恋人の横顔を天木は物問いたげに見つめる。

いつの間にか眠ってしまっていたようだった。

肩を揺すられ天木が再び目覚めた時にはもう車は止まっていた。すでにエンジンも切られ、車の中は真っ暗になっている。

「起きろ。着いた」

「どこだここは」

のろのろと躯を起こした天木は、眼鏡をかけ、瞠目した。

まだひどく眠く、今すぐベッドに飛び込んで眠りたい気分なのに、幾列もそびえ立っている筈の団地——我が家は見えない。目の前にあるのは、見知らぬ洋館だ。

天木はまだ夢を見ているような気分で周囲を見回した。

洋館の前には薔薇《ばら》やジャスミンが葉を広げる庭があり、タイルで飾られたテーブルと錬《れん》鉄《てつ》の椅子が静かに佇んでいる。車が停まっているのはその一角、素焼きの煉瓦《れんが》を敷き詰めたスペースだ。

かすかに潮《しお》の匂いがする。

「どうした。こっちだ」

いつの間にか大成の長身は玄関の前に移動していた。洋燈《ランプ》が古い木の扉を柔らかなオレンジ色の光で照らし出している。

「大成、ここはどこだ。今夜はこの家に泊まるのか」

戸惑《とまど》いつつも歩み寄る天木に、大成は頷いた。

「ああ」

――――え？

まさか肯定されるとは思っていなかった天木は混乱した。

何故自宅に戻らず、この家に泊まるのだろう。

「だがおばさんが、待っているんじゃないのか？　家でおまえが帰ってくるのを」

少し身を屈《かが》め鍵を解除しようとしていた大成は、考えこむように動きを止めた。

「大成？」

「いや、いいんだ。俺はその――この家の管理を任されているから」

そんなのは、初耳だった。

「なぜだ？　この家、本当は誰の家なんだ？　おばさんはこの事を知っているのか？」

矢継《やつ》ぎ早《ばや》の質問に、大成は訥々《とつとつ》と答える。

「――この家は車を貸してくれたのと同じ知り合い――親戚《しんせき》の家だ。今は――その、仕事で海外に行っている。その間、ここに住んでくれと頼まれたんだ。締め切っていると家が痛むからな。だから気兼ねなくくつろいでくれて構わない。大丈夫、お——母さんにはちゃんとこっちに泊まると連絡してあるから」

天木は頭を仰け反らせ洋館を見上げた。

本当、なんだろうか？　大成の母親は何も言っていなかった。

天木が病院で眠っていた間に大成が母親に話をしたのかもしれない。だがそれにしても——釈然《しゃくぜん》としない。

戸惑う天木の前で、大成が両開きの扉を押し開く。

明かりが灯ると、思いの外広い玄関ホールが目前に現れた。吹き抜けになった天井を見上げると、凝ったステンドグラスが天窓に嵌《は》め込まれている。壁際では大きな古い置き時計がゆったりと振り子を揺らしていた。

趣《おもむき》のある、古い洋館。ほとんど段差のない玄関に、大成がスリッパを出してくれる。

大成が脱いだ革靴を隅《すみ》に寄せるのを何げなく見ていた天木は、今までとは靴が違うのに気が付いた。

大成が今脱いだ靴は、半年ごとに買い換えねばならなかった安っぽい合皮の靴ではない。艶のある本物の革で仕立て上げられており、デザインも美しい。

——たまに雑誌の広告で見かける、何十万もするイタリア製の靴に似ている——。

「随分立派な家だな。本当に好きに使っていいのか?」

「ああ」

大成が無表情に頷く。

いつも陽気で喜怒哀楽がわかりやすい男なのに、今日の大成は何を考えているのか今一つ読みとれない。

天木は妙な息苦しさを覚えた。

「ゲストルームはこっちだ」

大成が薄暗い廊下の奥へと歩き出す。

人気《ひとけ》のない家の中は冷え切っていた。

古びた床板の中央には長いカーペットが敷かれており、所々にある花台には花が飾られている。だがどの花も枯れ、触れれば砕《くだ》けてしまいそうな程乾燥しきっていた。

一体いつ飾られた花なのだろう。

寒々しい光景が不安を誘う。

「この部屋を使ってくれ。食事はどうする? 食べられそうなら何か用意するが」

白い扉を開き、大成が部屋の灯りをつける。

案内されたゲストルームはまるでホテルのように整っていた。

白いシーツで覆《おお》われた木のベッドに、隅に置かれた小さなライティングデスク。漆喰《しっくい》で塗られた真っ白な壁が寒々しい。

「いや、いい。食事より、寝たい」

「大変な一日だったからな。何かあったら呼んでくれ」

大成が小さなチェストからパジャマを取り出し差し出す。受け取ろうとして、天木は小さな声を漏らした。

パジャマを持つ大成の左手に、何もない。

とっさに見た自分の左手には、ちゃんとシンプルな指輪がはまっていた。

誕生日に大成が贈ってくれた、プラチナのペアリング。ぼんやりとしたランプの灯りの下で、落ち着いた光を放っている。

「おまえ、指輪をどうした」

「指輪？」

強い不安に突き動かされるまま、天木はパジャマをベッドの上に置き、大成の両手を取った。

十本並ぶ指のどこにも指輪はない。

それなのに大成は狼狽える様子もなく、静謐《せいひつ》な眼差しを天木に向けている。

「プラチナの指輪だ。ほら、これと同じ」

自分の指にはまっている指輪を示すと、大成はようやく思い当たったのか、少し目を見開いた。

「いつもはめていただろう、ここに」

天木が左手の薬指に触れようとすると、大成は手を引っ込めた。ぎこちなく掌を握りこむ。

「すまない。なくした」

「なくした!?」

天木は——驚愕《きょうがく》した。

なくした？　暇さえあれば指輪を眺めてにやにやしていたのに？

大枚叩《はた》いて買ったのだろうに、大成には落ち込んでいる様子もない。それどころかうるさそうに追及を断ち切ってしまう。

「なくなってしまったものは仕方がないだろう。もう寝た方がいい。おやすみ」

部屋を出て行く大成の背中を、天木は呆然《ぼうぜん》と見つめた。

——指輪をなくした事を責められるのが厭だったのかもしれないが——以前は鬱陶《うっとう》しいほどまとわりついてきた恋人が、おやすみのキスをねだりもしないなんて。

天木は左手でぎこちなく眼鏡を外した。

本当に大成は指輪をなくしたんだろうか。

抑えきれない疑惑が胸の裡に溢れてくる。

大成は天木を『あんた』と呼んだ。

誕生日が来るまで天木を避け、会おうとしなかった。

知らないうちに広い洋館に住み、身の丈に合わない車を乗り回している。靴だって今までのものとは全然違った。

「パトロンでもできたのか――?」

はは、と嗤《わら》おうとしたが、できなかった。

天木はへたりとベッドに座り込み、大成が消えた扉を不安そうに見つめた。

＋　＋　＋

空が赤く染まっている。高いポールの上に据え付けられたスピーカーが高らかに『新世界』を歌い上げ、もう帰る時間だと子供たちに警告する。

赤味を帯びた光の中、立ち尽くしている天木はまだ小さな子供だ。首も手足も細く、頭でっかちなシルエットがいかにも幼《いとけな》い。

視線の先にはやはり小さな大成がいて、伸び上がるようにして父親とおしゃべりしていた。

大成はつい先刻まで天木たちと一緒に団地の公園で遊んでいたのだが、帰ってきた父親の姿に気がつくなりちょっと待っててと言いおき駆けだした。いきなり飛びつかれた父親はよろめいたが、大成を怒ったりはしなかった。

今、父親はまだ小さな大成の為に身を屈めている。笑顔で一生懸命《いっしょうけんめい》話しかける愛息子《まなむすこ》を見下ろす眼差しはあたたかい。

天木は不格好な黒縁《くろぶち》眼鏡の奥の目を瞠り、まるで絵本の一ページのような情景を見つめている。

「大成のパパとママって、お話に出てくるパパとママみたいだよね」

沈んだ声に、天木の足下にしゃがみこみ、蟻《あり》を眺めていた子供が顔を上げた。

「お話に出てくるパパとママ？」

「いつもニコニコしていて、優しくて、しあわせそう。誰も見ていない時でもそうなのかな」

子供はしばらくそのまま生気に欠けた天木の顔を見上げていたが、やがて立ち上がると力なく垂らされていた手をそっと握った。

天木は身じろぎもしない。

赤い光に染め上げられた世界の中、幸せな父子をただ見つめ続ける。

＋　＋　＋

翌朝、天木は扉が開くごく小さな音で目を覚ました。

ぼーっとしていたので怪我を忘れて寝返りを打ってしまい、ずきんと走った痛みに驚く。

頬を埋めた枕は病院のものとは違い柔らかかったが、随分長い間使っていなかったのだろう、古びた匂いがした。

部屋の中には朝の日差しが差し込んでいる。

衣擦れの音が近づき、天木のベッドの脇で止まった。

「おはよう」

ぎしり、とベッドが揺れたのを感じ目を開けると、色褪《いろあ》せたジーンズとラフなニットで身を包んだ大成が片手を突いて天木の顔を覗き込んでいた。

「……おはよう」

小さな声で答えると、大成が薄い唇をたわめ、微笑む。

あたたかな掌に頬を撫でられ、天木は目を伏せた。キスをされるのだと思ったのだ。

だが、くちづけはいつまで待っても与えられなかった。

「朝食を用意した。冷めないうちに起きた方がいい」

少し遠くなった声に再び目を開くと、大成は窓際に移動し、外を眺めていた。

何故キスしないんだ？——ふとそんな事を思ってしまい、天木は大成に背を向ける。

何を期待しているんだ、私は。

「どうした。まだ眠いのか？」

大成の穏やかな声がゲストルームに反響する。

「いや、起きる。起きるから、先に行っててくれ」

「——わかった。リビングは同じ廊下の並びだ」

ぺたりとスリッパの音がし、大成の指先が軽く髪を梳《す》いた。

離れがたい心情を示す、控えめな愛撫《あいぶ》。

だがそれ以上粘ろうとはせず、大成は部屋を出て行く。

スリッパの音が遠ざかってから、天木はぼさぼさの髪を乱暴に掻き上げ起き上がった。

「いつもなら、絶対仕掛けてくる所だった」

かつて団地の玄関口で、暗い踊り場で、車の中で。ねだられたくちづけを思い出し、天木はむっつりと唇を引き結ぶ。不機嫌を装ってはいるが、その目元には朱が昇っていた。

大成はキス魔だ。

隙あらば、天木の唇を奪おうとする。

だが昨日から大成は天木に触れようとしない。誰も見ていないのにだ。

天木は小さな溜息をつきベッドから降りた。フローリングの床がひんやりと素足を冷やす。

全身が鳥肌立ったが、部屋には空調が利いている。天木はそのままリビングを探し、長く伸びる廊下に出た。

目的地はすぐにわかった。

明るい朝の光に照らし出されたリビングは、見るからに居心地良さそうだった。

いかにも年代物といった趣のあるテーブルの上に、コンビニで買ってきたらしい総菜、チンすればいいだけの白飯が並んでいる。

新聞を読んでいた大成はパジャマのままやってきた天木に気がつくと慌てて席を立ち、厚手のカーディガンを出してきた。わざわざ広げて肩に着せかけてくれる。

「ありがとう」

「ん」

席に落ち着くと、二人はいただきますと両手を合わせた。

これは子供の頃からの習慣だ。大成の母親はこういう約束事に厳しかった。

ぽつりぽつりと言葉を交わしながら、食事を口に運ぶ。天木は右手が使えないので、左手で不器用にフォークを動かしている。

「少しは何か思い出したか？」

「いや、全然」

記憶は欠落したまま、事態は何一つ昨夜と変わっていなかった。

「事故前後の事を教えてくれないか、大成」

少しでも状況を把握したくて水を向けると、大成は物憂《ものう》げにインスタントの味噌汁《みそしる》をかき混ぜた。

「別に特別な事など何もない。食事をして、少しドライブをしている途中でハンドル操作を誤ってしまった。それだけだ」

「それだけって事はないだろう。いろいろ大切な事を話した筈だ。そもそも俺からの連絡を無視していたこの数ヶ月、おまえは一体何をしていたんだ？」

大成の視線がすっと上がり、天木を捉えた。その表情は驚いているように見えた。

「大成？」

「いや……悪い。少し忙しかったんだ」

「忙しいって言ったって、メールの一本くらい打てるだろう？　一緒に暮らそうって話は、一体どうなったんだ？　やめるのか？」

大成は微動だにせず天木を凝視している。

しばらく沈黙が続いた後、大成はゆっくりと体重を前に傾けテーブルに肘を突いた。

「――やめない。後回しにしてしまってすまなかったが、落ち着いたらじっくり話し合うつもりだった。とりあえず、怪我が直るまでの間、怜也もここで過ごさないか」

「え……」

突然の申し出に天木は戸惑った。

ここで、暮らす？

「いやだが、ここはおまえの親戚の家なんだろう？　それにそんな事を急に言われても困る。仕事もあるし……」

「怜也の事だ、有休が残っているんだろう？　親戚はそんな事で文句を言うような人じゃないし、怪我をしている怜也を一人暮らしの団地には帰せない。頭も打っているんだし、俺の目の届く所にいて欲しいんだ」

「大成も団地に戻るという選択肢はないのか？」

大成は迷いなく即答した。

「ないな」

なぜだと天木は考えを巡らせる。

「もしかして、団地に帰ってこなかったのは、出張ではなく、ここにいたからじゃないのか？」

大成がひるんだ。

「いや――そういう事は、ない」

「じゃあ大成は親戚と家について相談する事はできたのに、私に連絡する時間はなかったって訳だな？」

「……それは……その、すまなかったとしか、言えない」

「私は別れる気なのかと思っていたんだが」

内心の緊張を押し隠し、天木は最《もっと》も聞きたかった事を口に載せる。

大成はぎょっとして目を瞠った。

「そんな事ありえない。俺がどんなに怜也を大切に思っているか、知っているだろう？頼むからこの家にいてくれ。不安にさせた事については謝るから」

自惚《うぬぼ》れた台詞《せりふ》に天木は眉を上げた。

「私はおまえのいい加減さに腹を立てていただけだ。別に不安になどなっていない」

刺々しい言葉に、大成は一瞬言葉を詰まらせ、静かに微笑んだ。

「そうだな、怜也は強い」

先刻までとは違う、噛みしめるような口調に、天木は目を眇める。

「どういう意味だ？」

大成は天木の問いには答えず席を立った。食器をシンクに運び、テーブルの隅に据えられていたコーヒーメーカーでコーヒーを淹《い》れ始める。

「とにかく、その腕、無理をして悪化させたら余計仕事に支障がでるぞ。少し休んで、早く治した方がいい。右手が使えないのに一人暮らしするのは大変だろう？」

天木は、悩んだ。

天木はまだ新しいシステム会社にＳＥとして勤めている。佳境《かきょう》に入れば一日中キーボードを叩いている事も珍しくない仕事だ。出社すればPCに触らない訳にはいかない。悪化せずに済んだとしても回復が遅れるのは必至《ひっし》だろう。今はちょうどプロジェクトの谷間の時期なので休めなくもない。

「頼むから、言う事を聞いてくれ。通勤途中とか誰も怜也を知っている人間がいない所で倒れたりしたらと思うと、怖いんだ」

懇願《こんがん》するような眼差しを向けられ、天木は溜息をついた。

「わかった」

小さな声で了解すると、大成が、ふ、と顔を柔らかく綻《ほころ》ばせる。

これだけ引き留めようとするという事は、本当に別れる気はないのかもしれないと、天木は思った。

ペアリングも本当になくしただけなのかもしれない。

だが別れる気がなくても大成の様子がおかしな事に変わりはないと、天木は気を引き締める。

二つのカップにコーヒーを注《そそ》ぎ、大成が天木の隣に腰掛けた。

受け取ったコーヒーを天木はほんの少し啜《すす》ってみる。

「あ、おいしい」

「そうか。よかった」

大成は頬杖《ほおづえ》を突き天木を眺めている。その目の色は甘い。

「ああそうだ、そうと決まれば団地に置いてあるノートパソコンを取ってきたい。持ち帰りの仕事があるんだ」

「……仕事？」

途端《とたん》に大成の目つきが鋭くなる。天木は苦笑し言葉を足した。

「作業が終わった所だけでもデータを送っておかないと」

「わかった。当面必要なものを団地まで取りにいこう。それから外で食事を取って、余力があれば買い物につき合って欲しい。それでいいか？」

「……ああ」

頷いた天木の髪に大切そうに触れてから、大成は立ち上がった。キッチンを片づけ、天木を自室へと連れてゆく。

ジーンズとフルジップパーカーを渡され、天木は着替えを始めた。

着替えやすい服を選んだのだろうが、それでも傷ついた手を使うまいとすると、思うように着替えられない。

もたついている天木の手を、大成が無言で押さえた。

手こずっていたファスナーが噛み合わされ、無毛に近い腹から胸へと引き上げられる。ジーンズのファスナーを上げベルトを締めると、大成は天木の足下にひざまずき、長すぎるジーンズの裾を折り込んだ。最後にまたカーディガンが着せ掛けられ、着替えが完了する。

「ありがとう」

「ん」

礼を言うと、大成は天木の顔を覗き込むようにすこし首を傾げ、目を細めた。

――あ。

これは照れくさい時、大成がよくする仕草だ。

疲れているのだろうか、見慣れた大成の仕草がひどく愛しく感じられた。

+　+　+

天涯《てんがい》に無数の星が輝いていた。そのうちの幾つかが明滅しながらふらふらと移動してゆく。

蛍《ほたる》だ。

人々の間からざわめきが生まれる。

「見て！　ほら、あそこにいる」

「……ガイドの内容は去年と同じみたいだな」

「うわ、藪蚊《やぶか》がいる。怜也、虫除《むしよ》け持ってない？」

大きな集団の後ろ、少し離れた場所に三人の子供たちが固まっていた。

中学生になったばかりの大成と天木、それから青馬《せいま》だ。

天木家と萩生田家は、たった数ヶ月の差で生まれた子供たちを中心に親しく交わり、特に二人が小学校に上がった年からは夏休みにキャンプに行くのを恒例行事としていた。

キャンプには大成の三つ下の従兄弟《いとこ》である青馬も一緒にやってきた。青馬は父親がおらず母親も病気がちな為、しょっちゅう萩生田家に預けられていた。この不憫《ふびん》な子供を大成は完全に弟扱いしており、天木もまた、庇護《ひご》すべき遊び仲間の一人として認識していた。

体力のない青馬はしばしば二人に後れをとったが、足手まといになるまいと一生懸命頑張る姿を見ては邪険になどできない。

「青馬、おいで」

真っ暗な山道で三人は、青馬を中心にして手をつなぐ。

蛍が多く見られるこのキャンプ地にはガイドがいて、毎晩最もたくさんの蛍が見られる河原まで客を案内した。

だが三人の子供たちは他の人たち程蛍に心を奪われてはいなかった。昨年も同じプログラムに参加しており、どんなものが見られるか知っていたからだ。

「怜也、悪い、青馬と先行ってくれる？　俺、虫除け取ってくる。あちこち痒《かゆ》い」

「駄目だよ、タイ兄。こんなに暗いんだもの、離れたらはぐれちゃうよ。絶対三人一緒に行動しなさいって、おばさんにも言われたでしょう？」

二組の親は子供たちだけを蛍見物に送り出していた。

他のキャンプ客たちとすぐ傍の河原まで行って帰ってくるだけのプログラムである。去年も参加してどんな事をするかも大体わかっているし、心配ないと思ったのだろう。

だが子供たちは親の思う通りには行動しなかった。

「青馬の言う通りだな。三人一緒に取りに行こう」

「ガイドが先に出発しちゃうぜ」

「ルートはわかってるんだ、すぐ追いつける」

三人は集団を離れ、宿泊しているロッジへと戻ってゆく。どれも同じ形のロッジの標識を懐中電灯の明かりで一つ一つ照らし出し、位置を確認しながら移動する。

大成が繁茂《はんも》した草に隠れてよく見えない番号札を確認しようとした時だった。声が聞こえた。

「――で、いいわけないでしょう。怜也をどうする気なのよ――」

子供たちは雷に打たれたように凍りついた。

「子供の面倒を見るのは母親の役目だろう」

「無責任な事言わないでよ。あんたが――しなけりゃ、あたしだって――なのよ。あんたはいつも自分だけラクしようと思って――」

ヒステリックにわめいているのは、天木の母親だった。

大成の両親はロッジの中にはいないらしい。

「子供が欲しいって言ったのはおまえだろう。俺はまだいいって言ったのに」

「あたしだって本当は仕事を辞めたくなんかなかったわよ！　でもあんたがいつまでもふらふらしているから、子供でもいれば少しはマシになるかと思って――」

かあっと躯が熱くなる。

消えてなくなってしまいたいような気分が天木を襲った。

やめて。大成と青馬が聞いているのに、そんな話しないで。

繋いでいた手が強く握り締められた。小さな青馬が心配そうに天木を見つめている。

酷い事を言われて天木が傷ついていると思ったのだろう。

だがこれくらいなんて事なかった。

天木はもう慣れてしまっていた。部屋にいれば居間で怒鳴り合う両親の声など筒抜けだったからだ。

この二人はもうずっと天木を押しつけあっている。二人とも別に子供なんて欲しくなかったらしい。

——途中でいらなくなるくらいなら、生まなきゃよかったのに。

それ以上醜悪《しゅうあく》な争いを聞いていたくなくて、天木は青馬の手を引いた。

闇に紛れてロッジから離れ、四阿《あずまや》へと向かう。

静かなキャンプ地に虫の音が響き、足下で懐中電灯の光が踊る。木々の間から無数に輝く星が見えるが、誰一人として注意を払おうとしない。

一際黒々とした影を落とす四阿に辿り着くと、天木は丸太でできた階段に腰を下ろした。

「大丈夫か、怜也」

黙って付いてきてくれた大成がおずおずと天木の隣に座り込む。

天木はにこりと微笑んだ。

「全然平気。喧嘩《けんか》なんてしょっちゅうだし、もう慣れてんだ。お父さんもお母さんも、僕が、い、いらない、みたいでさ。ずっとどっちが引き取るかで揉《も》めてんだ」

本当に全然、平気なのに。

『いらない』という言葉を口にしようとしたら、喉が詰まった。

声が震え、目の奥が熱くなる。

あんなくだらない言葉に傷つきたくなんかないのに、何かが頬を濡らし、顎からほとりと地面に落ちた。

しばらくの間、誰も何も言わなかった。三人の子供たちは気まずく黙り込み、それぞれに底知れない闇を見つめる。

「あの、さ」

やがて大成がぎこちなく沈黙を破った。

「あいつらがいらないって言うなら、俺が怜也を貰うよ。俺の方がよっぽど怜也が好きだし、大事に思ってるし」

「大成……」

とまどう天木の肩に、日々男らしさを増しつつある大成の腕が回された。

「そうだ、うちに来ればいいんだ。お父さんもお母さんも怜也の事好きだから、きっと喜ぶ。部屋はきっと俺と一緒になっちゃうけど、いいだろ、怜也」

「ありがとう、大成」

天木の顔が更に歪んだ。

大成はこういう事をてらいもなく口にする。

現実にそんな事ができる訳はないのに、大成は自信満々だ。本当に何かあったら、天木を萩生田家に迎え入れるつもりなのだ。本気で両親を説得するつもりでいる。

「言っとくけど、俺、本気だからな。本当に一番、怜也が好きなんだからな」

怒ったような声で念押しする大成の眼差しは真剣だ。

「ぼくも怜也兄が好き」

それまで所在なさげに二人の前に立っているだけだった青馬もおずおずと口を挟んだ。

「ありがとう、青馬」

――胸の奥が、熱い。

涙がぽろぽろ溢れ出す。

手を伸べると、青馬はきゅっと天木の指を握り、大成の反対側に座った。

さりげなく押しつけられた躯はあたたかかった。傷ついた子供を懐《ふところ》に抱え、夜は深深《しんしん》と更《ふ》けてゆく。

＋　＋　＋

団地までは車で一時間ほどの道のりだった。日曜日なので子供たちが建物に挟まれた緑地で遊んでいる。いつもと変わらぬ風景の中を通り抜け、天木は無骨《ぶこつ》なコンクリートが剥《む》き出《だ》しになった階段を上っていった。子供の頃、ランドセルを背負って二人で駆けた廊下を肩を並べて歩く。

自室に入ると天木はまず押入の奥に入っていた鞄を引っ張り出し、当面の着替えや必要な小物を詰めた。ノートパソコンやアダプターは大成がＰＣバッグに納めてくれる。

支度はそれで終わり。天木は室内を一瞥《いちべつ》して外に出る。

「家に顔出さなくていいのか？」

天木が隣の家の前を素通りしようとする大成の注意を引いた。

「今日は出掛けると聞いている。どうせ誰もいない」

コンクリートで囲まれた空間に、大成の声が虚ろに響く。

パーキングに戻ると、子供たちがぽかんと口を開け大成の派手な車を眺めていた。大成がトランクに荷物を納め、長身を折り畳むようにして運転席に収まる。

「昼は和食でいいか？」

「ああ」

車がなめらかに走り出す。

天木が連れて行かれたのは、一見料亭のような古びた和風建築の店だった。小さな門を入り飛び石を渡って引き戸をからりと開けると、着物の女性店員がいそいそと寄ってくる。

天木は大成の顔を盗み見た。

「本当にいいのか？　ここで」

今まで大成が贔屓《ひいき》にしていた定食屋とは明らかにランクが違う。

心配してやったのに、大成は狼狽えるどころか余裕の表情で板張りの廊下の奥へと進んでいった。

車をおしゃかにしたお詫《わ》びのつもりだろうか。それにしても羽振《はぶ》りが良すぎると思いつつ天木も後に続く。

今日も大成はやはり高級そうな靴を履いている。羽織《はお》っているコートは手触りが良い上、羽のように軽い。シンプルだが上品なデザインも、ラフな格好を好む大成らしくない。

案内された席は二階の窓際だった。

ずらりと並んだ黒い木のテーブルのほとんどが早くも客で埋まっている所を見ると結構な人気店らしい。昔懐かしい木枠のガラス窓が熱気で白く曇っている。

「せいろと天ぷらでいいか？」

天木は涼しい顔で注文しようとする大成の手からメニューを奪い、眺めた。

やはり、高い。

「おまえ、どうしてしまったんだ？　貯金するために節約してたんだろう？　私に気を使ってこんな贅沢しなくていいんだぞ」

「怜也は怪我をしたばかりなんだから栄養をとらないと。ここなら野菜もバランスよく取れる。蕎麦《そば》、好きだろう？」

確かに天木は蕎麦が好きだった。

「天ぷらもうまい。だまされたと思って食べてみろ」

天木はお手拭きを使いながら大成を睨む。

「人が心配してやっているのに……」

「一食贅沢した所でたかが知れている。そう心配しなくてもいい。それにここの天ぷら、ずっと怜也に食べさせてやりたいと思っていたんだ」

――――う。

甘ったるい台詞に、天木は視線をさまよわせた。

あたたかい茶を運んできた店員に大成が注文すると、すぐにセットになっている小鉢《こばち》が運ばれてくる。手の怪我に気付いていた店員はフォークを添えてくれていた。外国人客の為に常備してあるのだと言う。

ちんまり盛られたほうれん草のおひたしは、冷凍の味ではなかった。少し甘い出汁《だし》がかかっているのもうまい。

混んでいる割には待たされる事なく蕎麦と天ぷらが運ばれてくる。

からっと揚がった天ぷらにさっくりフォークを刺して一口食べ、天木は思わず呟いた。

「……あ、おいしい」

天木は天ぷらが好きだが滅多に食べない。油が悪かったり揚げ方がまずかったりすると、覿面《てきめん》に胸焼けしてしまうからだ。

だがこの店の衣《ころも》は軽く、厭な脂《あぶら》っこさもなかった。海老《えび》や魚の身はジューシーだし、舞《まい》茸《たけ》や茄子《なす》といった野菜もうまく揚がっている。

「きっと気に入ると思ってた」

蕎麦を啜りながら大成が天木に艶やかな笑みを向ける。

「怜也は塩よりつゆで天ぷらを食べるのが好きだろう？」

「……よく覚えていたな」

その通りだ。

つゆに浸けた天ぷらの衣の濡れてしんなりした部分とさくさくした部分、両方の食感を一度に楽しむのが一番おいしいと天木は思っている。

だが大成がそんな事を覚えているとは思わなかった。まずい天ぷらにあたるのが厭で、大成と一緒に天ぷらを食べた事など数える程度しかなかったからだ。

「俺は怜也に関する事を忘れたりはしないんだ」

当たり前のように囁きかけられ、天木の顔に熱が上がった。

「……ああ、そう」

曖昧に流すと、大成が唇の両端を引き上げる。

「ふふ」

ふふ、じゃないだろ。

天木は蠱惑《こわく》的な眼差しからさっと目を逸らし、食事に集中するふりをした。

この男が隙あらばいちゃつこうとするのはいつもの事だ。だがいつもの大成の愛情を甘い糖衣でくるまれた焼き菓子とするならば、今日の大成の眼差しは蜂蜜《はちみつ》だった。喉が痛くなる程糖度が高い上、べたべたと指にくっつく。

――甘すぎて、胸焼けしそうだ。


洋館のリビングには観葉植物で飾られた一角がある。

昼ならば壁一面を占めるフランス窓から庭と道路との境を示す生け垣、そして家々の向こうにきらめく海が見えるのだが、今は夜空が見えるだけだ。

帰宅した天木は大胆な花柄のクッションが幾つも載った布張りのソファに怠惰《たいだ》に寝そべっていた。

「あいつ、本当に大丈夫なのか……？」

邪魔な眼鏡を外してテーブルに置き、柔らかなクッションに頭を乗せる。

値の張ったランチを楽しんだ後、大成は天木をつれて買い物に行き、事故で駄目にしたコートの代わりを買い与えた。廉価《れんか》な量販店などではない、それなりのブランドの品だ。

それだけでも結構な金額になったのに、大成は靴やスーツまで見繕《みつくろ》おうとした。天木がいらないと言い張らなければどれだけ散財したかわからない。

どうやら大成の金銭感覚は完全に崩壊《ほうかい》しているようだ。この分ではあっという間に貯金を使い果たしてしまうだろう。——他に財源があるのでなければ。

「風呂に湯を張ったから入るといい。手伝う」

リビングに入ってきたぼんやりとした影を、天木は目だけを上げて迎える。

「——ん」

宝くじでも当てたのだろうか。

天木は大成の後について浴室へと向かいながらつらつらと考える。

だがもしそうなら、大成が天木に教えない訳がなかった。それくらいの信用はされていると天木は自負している。

——やっぱり大成には天木に言えない金蔵《かねぐら》があるのだ。

洋館の洗面所はそれなりの広さがあった。艶のなくなった黒っぽい寄せ木の床に、鮮やかな色のマットが敷いてある。

天木は自分でファスナーを引き下ろし、服を脱ぎ始めた。大成は扉に背を預け、待機している。

事故の際あちこちぶつけたのだろう、包帯こそ巻いてないものの、天木の躯には湿布《しっぷ》が何枚も貼ってあった。

「痛々しいな……」

大成が眉を顰める。

「見た目が派手なだけだ。もう大して痛くない」

天木は湿布を剥がし、思い切って下着ごとジーンズを脱ぎ捨てる。

「湿布、これで全部剥がせてるよな？」

裸でくるりと回ってみせると、大成は狼狽えたように視線を揺らした。

「大成？」

「……いや、大丈夫だ。湿布は残っていない」

天木の怪我をした腕にビニール袋をかぶせて大きな輪ゴムで留めると、大成はコットンシャツの袖を捲り上げ、からりと浴室の引き戸を開けた。

「座って」

大成に促《うなが》されるまま天木は小さなプラスチックの椅子に尻を載せる。

大成がおろしたての海綿《かいめん》を濡らし、これまた新品らしいソープを垂らすと、淡いイランイランの香りが浴室に広がった。

「濡れるといけない。右手をあげて」

天木が手を掲げると、大成がシャワーのコックを捻る。

肌の上で湯が弾ける。

あたたかい湯気《ゆげ》の中、大成は注意深く揉んで泡立てた海綿を天木のうなじに滑らせた。円を描くように優しく肌を擦られ、天木は身震いする。

「もっと強く擦れよ」

「必要ない。これで充分汚れは落ちる筈だ。擦りすぎると肌を痛めるぞ」

くそ、と天木は胸の裡で吐き捨てる。

この男の声は、こんなにも艶めいていただろうか？

大成は海綿で柔らかく肌をマッサージする。心地いいが焦れったくて、天木は熱い溜息をついた。

これじゃまるで、焦らされているみたいだ。

天木の背中を泡だらけにした大成が背中を抱くようにして前へと海綿を滑らせる。喉から鎖骨、胸へと、くすぐったい感触が移動する。それがついに薄く色づいた突起へと達すると、天木は息を詰めた。

洗われているだけだ。感じてはいけない。

そう己を戒《いまし》めようとするが——駄目だ。

淡い快感が広がる。

すごく、気持ちがいい。

もちろん、セックスする時のような鮮烈な官能はないが、それだけにもどかしくて、触れられている場所に意識が集中してしまう。

大成と最後にベッドを共にしたのは随分前で、天木の躯は飢えている。

あ……あ。

胸を洗われているだけなのに、股間のモノがひくりと反応した。徐々に首をもたげてゆく。

後ろから手を回している大成はまだ気付いていないが、こんな刺激だけで発情してしまう己が恥ずかしくて、天木は息を殺した。早く終われと必死に願う。

だが天木を嘲笑《あざわら》うように背後から伸びてきたもう一方の手が、泡で覆われた乳首を摘んだ。

「あう……っ」

不意の刺激に天木はのけぞった。泡だらけの背が大成の胸に当たる。

…………いい。

「怜也……感じてしまった？」

ひどくいやらしく響く声を耳元に流し込まれ、天木は身を強ばらせた。

「こんなになって……。随分苦しそうだ」

指先でしこった粒をこりこりとつぶされる。

天木は真っ赤になって、大成から海綿を奪おうとした。

「もう、いい……っ。自分で洗うからよこせ」

だが大成はひょいと海綿を持った手を持ち上げてしまい、渡さない。

「怒る必要はないだろう。抜いて欲しいんなら、そう言えばいい」

屹立をそっと撫でられ、天木は息を呑んだ。

「ふふ、びくびくしている。怜也が許してくれれば手伝いたいんだが——どうする？」

頭に血が上りすぎて、くらくらしてきた。

どうする、だと——？

「それともここで、自分でするか？」

「——っふざけた、ことを——ッ」

天木は肩越しに大成を振り返り、はっとした。

大成の瞳は情欲を孕《はら》み、妖しく光っていた。大成もまた、天木を欲しいと思っているのだ。

もう何ヶ月も満たされていない躯の芯が、ぞくぞく疼《うず》いた。

「して欲しいんだろう？　いいならいいと言ってくれ。怜也が許してくれなければ、これ以上の事はしてあげられない」

大成が天木の躯を抱え直し、うなじを吸う。

天木は唇を舐め、息を整えた。

したい。

したい、が、いいと言うのは躊躇われる。

それではねだっているみたいだ。

天木は迷い、小さく身じろぐ。その拍子に泡で濡れた掌にアレが擦れ、たまらない感覚が脳天まで突き上げた。

「あ……っ」

天木が鼻にかかった甘い声を漏らすと、大成は心底嬉しそうに目を細めた。

「敏感だな」

「ばか、ふざけて、いないで――」

「いないで?」

意地悪く問い返され、天木は肩越しに大成を睨みつけた。

「……」

「怜也……?」

軽く耳たぶを噛まれ、天木は葛藤《かっとう》する。

久しぶりだからベッドでゆっくりしたい気もしたが、これはこれで新鮮だった。それにもう、躯が熱くて我慢できない。

「し――しろ」

天木の声を耳にした大成が、きつく目を瞑《つぶ》る。いつにない仕草を天木は怪訝に思う。

なんだ――――？

ゆっくりと目を開けた大成が、淫魔のように微笑んだ。

「――わかった。今、楽にしてやる」

ソープのポンプを押し、大成はとろりとした液体を掌に纏《まと》わせる。

「包帯が濡れてしまったら困る。手をあげて」

「う……」

背筋を震わせ、天木は言う通りにした。

大成が無防備に晒された両方の胸の先を摘み、きつくつねりあげる。

「あ…………っ」

泡でぬるぬる滑《すべ》るのがたまらない。指の腹で転がすように潰されると、下腹までじんと痺《しび》れる。

大成はシャツが濡れるのも構わず天木の躯を抱き込むと、しこってしまったそれをこりこりと指先で潰した。

「あ……あ……っ」

「ふふ、こんなに硬くなってしまって……可愛い」

「可愛くなんて、あるわけないだろう……っ」

息を弾ませ、天木は抗議する。

「いいや、可愛い。ああ、そんなに睨むな。こっちも可愛がってやるから……」

屹立が握り込まれる。

大成の手が、泡まみれの掌が形を確かめるように根本から先端へと滑ってゆく。

たまらず天木は腰を反らした。

いつもよりずっとソフトで卑猥《ひわい》な愛撫に、全身が震える。

大成が手を前後に動かし始めた。

「う、あ……っ」

ソープのおかげで滑りのいい掌が、絶妙の強さで天木を責め立てる。明るい照明の下である、恥ずかしいし反応したくないのに、天木のものはたちまち大成の手の中で膨れ上がり、張り詰めた。

天木は腹を抱く大成の袖をぎゅっと握りしめ、喘《あえ》ぐ。

「あ、あ……あっ……」

「イイか？」

大成の声がまた天木の羞恥心《しゅうちしん》を刺激する。

「い……い……っ」

でもこれじゃ足りない。

後ろにも欲しくて、天木は大成の腕の中で身をよじった。淫《みだ》らに躯をくねらせ、物欲しげに大成を見つめる。

「大成……っ」

「また腕が下がっているぞ」

慌てて天木が腕を上げると、大成はふ、と息を吐き、腕の中の躯を引き寄せた。プラスチックの椅子の座面から尻が滑り落ちる。

ジーンズを穿いたままあぐらを掻いた足の上に天木を横向きに乗せ、大成は包帯の巻かれた右腕を自分の首に回させた。

「焦らすな、大成」

目元を上気させ色っぽく睨みつける天木に苦笑し、大成は再び天木の足の間に手を伸ば

す。戯れるように陰嚢を弄ばれ、指先で裏筋を撫で上げられ——天木は思わず大成の腕を押さえた。

「よ、せ……っ」

「焦らすなと言ったりよせと言ったり。それじゃどうしたらいいのかわからないよ、怜也」

潤《うる》んだ先端を指の腹でくるくるとくすぐられ、天木はのけぞる。

無意識に開いてしまった唇の隙間から、震える吐息が漏れた。

「……もっと乱れた姿が見たい……」

ひどく熱く感じられる指が唇をなぞる。

「ば、かやろ……」

ふるりと躯を震わせ、天木は大成の肩に頬を擦り寄せた。

「後ろ……たのむ、後ろ、も……っ」

こくりと大成が唾《つば》を飲み込む音が聞こえた。天木の躯を抱く腕に一瞬力が籠《こ》もる。

だが一度大きく息をして落ち着きを取り戻すと、大成は指先で太腿《ふともも》の内側の感じやすい皮膚を触れるか触れないかの強さでなぞり下ろした。一番下まで到達すると天木の尻の下にまでもぐりこみ、太い杭を待ち望んでいる入口をくすぐる。

慎ましい蕾《つぼみ》がひくひくと蠢《うごめ》いた。

「怜也はねだるのが上手《じょうず》だ」

天木はきつく目を瞑る。ソコに全神経が集中する。

「う……あ……っ」

指がぬくりと入ってきた。

大成に慣らされた場所に。

だが高まる期待に反して指先がつついたのは的外れな場所で、欲望をはぐらかされた天木は歯噛みした。

大成の指を喰《は》んでいる奥が物欲しげに蠕動《ぜんどう》する。

溢れた体液でとろとろに濡れたペニスが腹につく程に反り返り、震えた。

「怜也の好きな場所はどこだ？」

しっとりと濡れた声に囁かれ、天木はもどかしさのあまり泣きそうになる。

「知ってるだろう……っ」

大成が目を細めた。

「いいや、知らない。教えてくれないか」

意地の悪い囁きに、天木は唇を噛みしめる。

――嘘つき。

言いたくなどないが、煽られた躯が早く早くと天木をせっつく。

我慢できず、天木はいじって欲しい場所を教えた。

「お、奥……、もっと、奥」

「……ここ?」

ひくんと腰が跳ねる。

突き上げてきた快感に天木は身震いした。

「あ……あっ、たいせ…っ、もっと、優しく……っ」

「なんて声で誘うんだ、怜也」

耳元に吹きかけられる艶めいた声に、鳥肌立つ。

おまけに躯の奥に隠された感じやすい凝りを優しくこねられて、天木は息もできなくなった。

びくんと腰が震える。

「あ……あ、イ……っ」

熱い精が尿道をせり上がってくる。

――どうしよう。も、イく――。

大成のシャツを力一杯握りしめ、天木は達した。

ぶるりと身を震わせ、タイルの上に白を散らす。

一部始終を冷静に眺める大成の視線を感じた。

羞恥心が解放の快感を後押しする。

「見、んな……」

ずるずると崩れ落ちそうになる天木を抱き締めた大成が、深い息を吐くのが聞こえた。

「ああ、怜也。あんたが、好きだ……」

切なげな声が浴室に反響する。

「好きだ。好き──愛してる」

力の抜けた天木の躯を、大成が骨が軋《きし》む程きつく抱きしめる。

「たい、せ……?」

天木は大成の肩に額を押しつけ、甘い倦怠《けんたい》感に浸った。

行為の間は余裕がなくて気付かなかったが、大成のジーンズの前は苦しげに張り詰めていた。天木を欲しているのだ。

これから更に激しい行為に及ぶのだろうと天木は思ったのだが、息が整うと大成はそっと天木の蕩《とろ》けてしまった躯を元の椅子の上に戻した。

ひどく優しい手つきで天木の躯をシャワーで流し、バスタブの中に入れる。

それきり大成は天木に触れようとはしなかった。

＋　＋　＋

「昼食は冷凍庫の中から好きなものを選んで食べるといい。定時に上がれるよう努力するが、遅くなりそうだったら連絡する。何かあったら——特に気分が悪くなったら、すぐ携帯を鳴らしてくれ。どこかに出かけるなら、この鍵を使うといい。どんなに近くに行くのでも必ずメールを入れて欲しい。俺もこまめにメールする」

ぱりっとしたスーツ姿で玄関に立ち細々《こまごま》と指示をする大成を、天木は壁に寄りかかって眺めていた。

大成はひどく沈んでいるようだ。天木の目を見ようとしない。

「じゃあ、行ってくる。怜也はゆっくり休んでいろよ？　夜には何かうまいものを買って帰る」

「ん。行ってらっしゃい」

　途中でクリーニングに出すのだというスーツバッグを下げた大成が玄関の扉を開けると、燦々《さんさん》と朝の光が射し込んできた。もう一度いってきますと言って車に乗り込んだ大成を天木は気のない顔で見送る。

「なんであれだけ人に恥ずかしい思いをさせて楽しんだ癖に落ち込んだ顔してんだ？」

　施錠してリビングに戻った天木は、憮然《ぶぜん》とした顔でソファに座り込んだ。

　色々と納得がいかない。

　一番ひっかかっているのは、昨夜浴室で行った行為についてだ。

　よくなかったとは言わない。いつもと違う手管《てくだ》で煽られ、一番感じる場所をいじめられ、天木は呆けてしまう程の快楽を得た。あの後自分で歩いて浴室を出る事ができなかったくらいだ。

　あの時大成も確かに欲情していた。だが大成は天木を指で犯す以上の事をしようとはせず、ぐったりした天木の髪を淡々と洗い上げて、バスタオルで躯を拭き、パジャマを着せた。そして、まるで天木が年端《としは》もいかない子供であるかのようにベッドに運び、おやすみなさいと額にキスした。

　変だ。

「なぜ、しないんだ……？」

物足りなかったから言う訳ではないが、かつての大成は若い男性らしく、行為を厭《いと》う事はなかった。

「私としたくなかったって事はないよな」

それは、多分、ない。

行為には及ばなかったものの、大成のモノは堅くなっていた。

では、なぜ？

「まさか本当にパトロンがいるんじゃないだろうな…」

天木は真剣に考え込んだが、玄関ホールの時計がぼうんと時を告げると、はっとして起きあがった。始業の時間だ。

携帯で上司に連絡し事情を説明すると、有休の希望は問題なく受け入れられた。天木はほっと一息つき、携帯をブラックジーンズのポケットにしまいこむ。

「とりあえず――浮気の証拠探しでもするか」

とはいえ時間はたっぷりある。天木はまず、気になっていたリビングの観葉植物の鉢に、コップに汲んだ水をやって回った。

この家の本来の持ち主は随分急いでこの家を離れたらしい。鉢の植物はどれも乾燥には強い種類なのに萎《しな》びてしまっていた。廊下の花台に飾られた花はもっと酷い。何か月も——下手《へた》をしたら何年も放置されていたのだろう。ドライフラワーになってしまう程枯れ、埃《ほこり》をかぶった花瓶《かびん》の中はカラカラに乾いている。

花を捨て、拭き掃除をした花台に綺麗に洗った花瓶だけを飾ると、天木は他の部屋にも処理すべきものがないか見て回った。

寝室が三つに洗面所とトイレが各フロアに一カ所ずつ。キッチンにも枯れた花が飾られていたので捨て、砕けた花びらが散っていた台をウェットティッシュで拭く。

キッチンには調理道具が揃っていたが、やはり埃だらけだったし、調味料は香りが飛んでしまっているものもあった。

リビングと二つの寝室の壁にはパッチワークの作品が額に入れて飾ってある。どれもよくある幾何学模様《きかがくもよう》ではない。何十種類もの布を複雑に用い、遠目で見ると絵画のように仕立ててある。一体どうやればこんな物を作り上げられるのか、天木には想像もつかない。

最後に大成の部屋の扉を開いた天木は、室内に踏み込みベッドに腰掛けた。ぐるりと見回した空間は、団地にあった頃の雑然とした大成の部屋とは違い、寒々しい程殺風景《さっぷうけい》だった。

だが湿気《しっけ》が溜まらないよう開けっ放しにされていたクロゼットにはかなりの数のスーツ

と服が下がっている。

天木は胸の前で腕を組み、何十点もある衣類を眺めた。奥の方には夏のスーツや春用のコートもかかっている。

――どう考えても、多すぎる。

昨日今日運んできたもののようには見えない。まるでずっとここに住んでいたかのようだ。

ライティングデスクの上には、ポケットアルバムが一冊だけ表紙を見せるように立てかけられていた。天木は引き寄せられるように手を伸ばし、アルバムを取る。

ビニールのカバーをそっと撫で、ページを繰ってみると、子供時代の思い出が次々に現れた。

大成に天木に、時々青馬。

海や山を背景に、子供っぽい派手なポーズを決めて笑っている。

大成のベッドで眠る天木の写真もあった。カーテンが引かれているせいで部屋は仄暗《ほのぐら》く、まだ線の細い天木は安心しきった顔で熟睡している。

「懐かしいな」

あのキャンプの後、天木は度々大成のベッドにもぐり込むようになった。

萩生田家に行けば、両親が喧嘩する声は聞こえてこない。

大成と一緒にいれば、何も考えなくて済む。

——自分などいない方がいいんだろうか、とか。

——自分は何の為に生まれてきたんだろう、とか。

どうせ両親は、天木がどこにいようが気にしない。

あの日も、天木は夜遅くに萩生田家を訪れた。

天木は既に十六歳になっていたが、天木を取り巻く状況にはいささかの変化もなかった。言い争う両親の声に追いつめられた天木は、申し訳ないと思いつつチャイムを鳴らし、廊下の手すりに寄りかかる。

三方がコンクリートに囲まれた空間は薄暗く、手すりの向こうには隣の棟が見えていた。ほとんどの部屋に灯りがついている。

あの中にも自分の両親のように喧嘩をしている人がいるんだろうか。そんな事を考えてしまい、天木はふ、と唇をゆがめた。

よその家の事なんか考えても仕方がない。

廊下で待っていると、冷たい夜気が体温を奪ってゆく。ひどく寒くて、天木は両手で己の躯を抱いた。もう皆寝てしまっているのか、扉の向こうはしんと静まりかえっている。

天木が孤独に耐えきれなくなった頃、軽い足音が近づいてくるのが聞こえた。

「怜也兄……⁉」

上着も羽織らず、薄い寝間着姿のまま走ってきた青馬が鉄扉を開ける。姿を見るなり顔をゆがめた青馬に、天木は小さく首を傾げた。

「？　こんばんは、青馬」

無骨な扉はどんなに気をつけて閉めても、がちゃんと騒々しい音を立てる。いつものように鍵をかけ上がり込もうとした所で、大成の母親が廊下に顔を出した。

「あら怜也くん、いらっしゃい」

「おばさん、こんばんは。夜遅くにお邪魔してすみません」

「いいのよ。大成も喜ぶわ。泊まっていくんでしょう？」

何もかもわかっているのだろう。大成の母親はなんでもない風に言ってくれたが、天木は小さくなって頭を下げた。

「いつもご迷惑おかけしてごめんなさい」

「いいのよ。あんまり夜更かししないで寝なさいね。おやすみなさい」

母親が引っ込むと、天木はひっかけてきたサンダルをきちんと端に揃えた。青馬は天木の傍を離れようとせず、ぐずぐずとその場に留まっている。

「どうした、青馬」

「怜也兄、大丈夫？」

眉尻を下げた青馬に見つめられ、天木は少し身を屈め視線を合わせた。

「もちろん大丈夫だ。どうしてそんな事を聞くんだ？」

「っ、だって……」

青馬の手が伸ばされる。天木の顔に触れる寸前、今度は大成の部屋の扉が開いた。

「おー、いらっしゃい、怜也。青馬、何やってんだ？」

青馬がびくっとして手を引っ込めた。

「……何も」

「もう遅いから寝た方がいい」

「う、うん……宿題終わったら、寝るよ」

「ん。怜也、来いよ」

天木が部屋に入ると、大成は扉に鍵を掛けた。

大成の部屋は雑多なもので溢れかえっていた。机の上には教科書や参考書が無造作に積み上げられ、今にも崩れそうだ。本棚には本だけでなく、整髪料の缶や古い靴の箱、着替えなどが無秩序に突っ込まれている。

天木は床に放り出されているものを器用に避けて進むと、眼鏡を外して机に載せた。それから大成のベッドに上がり、壁際へと身を寄せる。上掛けの乱れた大成のベッドはまだほのかにあたたかかく、天木が訪ねて来た時にはもう寝ていたのだと知れた。

「いつもごめんな、大成」

大成も部屋の明かりを消すと、シーツの間に滑り込んできた。

「なんで？　俺は怜也と一緒に寝られて嬉しいけど？」

天木は仰向けに横たわったまま顔だけを大成に向ける。天木を見つめる大成の眼差しは柔らかい。

「——な、触っていいか？」

「あ？　なんで……？」

同じベッドに寝かせてもらっているとは言え、男同士である。いつもできるだけ邪魔にならないよう背を向けあい眠るだけだったのに擦り寄られ、天木は少し戸惑った。

大成がそっと天木の髪に触れる。男にしては長めの髪の間を、大成の指が滑ってゆく。いつもとは違う雰囲気に、天木は戸惑った。

大成が大人びた微笑みを浮かべている。

「あの、さ。怜也、むかーしキャンプで俺の言った事、覚えている？　ほら、大成の親が喧嘩しているのを見た後さあ……」

——大丈夫、僕はいらない人間なんかじゃない。ちゃんと好いてくれる人だっているんだ——。

あの時の大成の言葉は今も天木の支えとなっていた。

あの時の大成の言葉を思い出すと、今でも胸の奥が熱くなる。

——一番、怜也が好き——。

忘れる筈がなかった。

「あ、うん……」

「あれさあ、俺、本気だから」

「うん？」

大成の指が天木の髪を梳くのをやめ、指先に絡めて遊び始める。

「怜也が、好きなんだ。付き合って欲しいと思ってる」

天木は上半身を起こした。困惑して寝そべっている大成を見下ろす。

「何言ってんだ？　僕は男だぞ」

「そんなの知ってるよ。でも怜也を見てるとドキドキするんだ。へーキ、なんて強がってるくせに、いいって言ったらいそいそと俺のベッドに通ってきてくれるトコとか超カワイイし、他の奴らと仲良くしてんの気にいらねーし……触りたいって、思うんだよ」

露骨《ろこつ》な表現に、天木はぎょっとした。

「さわ……っ」

大成はシーツの上に躯を伸ばし、穏やかに天木を見上げている。

「おまえ、すげえ厭な思いさせられてんのに、おばさんとおじさんの悪口、言わねーのな」

「え……そりゃ、家族、だし。そういうの、みっともないし……」

「そーゆートコもすげえ好き。なあ、俺と付き合ってよ、怜也」

天木も大成も、男だ。とんでもない事を言われているのに、大成の言葉はひどく優しく天木の心臓に響いた。

天木が黙っていると、大成が薄闇の中起き上がる。

成長し逞しさを増した腕で、恋しい人を囲い込もうとする。

反射的に逃げようとした天木は素早く捉えられ、引き寄せられた。近づいてきた顔を、天木は狼狽《ろうばい》し掌で押し返す。

「おま、何しようとしている……っ」

声を潜め、二人は揉み合った。

「なんだよ、駄目なのかよっ」

「いきなりそんなの、許す訳ないだろっ」

股間に膝が入り、大成がぎゃーと情けない悲鳴を上げた。

天木は素早くベッドから飛び降り、距離を取った。途中で何か蹴飛ばしてしまい、思いの外大きな音が響く。

天木は及び腰で大成に告げた。

「あのな、おまえがそういう気持ちでいるなんて、僕は今の今まで知らなかったんだぞ。すぐさまキ、キスなんて、できるか！　ただその、おまえの気持ちは嬉しかった。これからどうするか考えるから、しばらくおとなしく待ってろ」

天木が早口に言い渡すと、大成は叱られた犬のような上目遣いで天木を見つめた。

「しばらくって、どれくらいだよ」

「僕がよしと言うまでだっ」

それだけ言い放ちそそくさと居間に逃げ出した天木は、廊下に出た所で青馬に鉢合わせしてしまい、ぎょっとした。

「せ、青馬……っ!?」

大成の告白を聞いていたのだろうか。

焦ったが、青馬は心配そうに天木を見上げただけだった。

「怜也兄。タイ兄と、喧嘩？」

「違うっ」

反射的に険しい声で言い返してしまい、しまったと思う。青馬の眉がハの字になってい
深呼吸して気分を落ち着けようとする天木に追い打ちをかけるように青馬がおずおずと聞いた。

「でも怜也兄、顔が真っ赤」

なんだと？

天木は洗面所に駆け込み鏡の中の己の姿を確認し――うなだれた。

この時にもう答えは出ていたのだと思う。

好きだと言われて天木は厭だと思わなかった。戸惑ってはいたが嬉しくて、きちんと考えて真摯《しんし》に返事をしようとした。

まだ恋ではなかったが、その萌芽《ほうが》は天木の中に確かにあったのだ。

ふ、と息を吐き表紙を閉じた天木は、アルバムを元の場所に戻した。

子供の頃を思いだしたせいか、混乱していた天木の気分は凪《な》いでいた。

――大成が、好きだ。

たとえ財力に勝るライバルがいようが、天木には大成を諦める気はない。

大成が帰ってきたらちゃんと話をしようと天木は決める。

大成はおそらく話したくなどないのだろうし、機嫌を損ねてしまうかもしれないが、こんな中途半端《ちゅうとはんぱ》な状況のままではいられない。

浮気の証拠は見つからなかったが、空腹を覚え、天木は大成の部屋を出た。朝もらった指示通りキッチンの冷凍庫を開けてみて、天木はぎっしりと詰め込まれた食品の数々に苦笑する。

チンすれば食べられるパスタ、火にかければいいだけの鍋焼きうどん。ろくに整理していないのだろう、随分古い日付のまで無造作に突っ込んである。

この分では買ってくると言っていた『うまいもの』も、デパ地下の総菜とかそういう類に違いない。

適当に選び出したパスタをあたためて食べると、天木はコートを羽織った。

大して料理ができる訳ではないのだが、出来合いではないものを食べたい。右手が使えないのは不便だが、時間をかければなんとかなるだろう。

突然大成の家に転がり込んだ天木にするべき事などないのだ。リビングでぼんやりテレビを見ているよりずっと有意義に時間を過ごせる筈だ。

外は散歩するのにちょうどいいうららかな日和《ひより》だった。

のんびりとスーパーを探し買い物をする。

食材を買って帰ると、天木はメールで食い物は買ってこなくていいと大成に知らせた。デミグラスソースの缶に書いてあった作り方を見ながら午後いっぱいを使ってビーフシチューを作る。

陽が落ち、そろそろ帰ってくるかと思いつつサラダを作っていた天木は、何かが落ちる音を聞きつけ振り返った。

キッチンの入り口に大成が立っている。その足下に、朝持って出たバッグが転がっていた。

その顔を見た天木は、しまったと思った。

何かがツボに入ってしまったらしい。大成は天木を、夢でも見ているかのような表情で見つめている。

「……エプロン……」

「ああ?」

天木はピーラーを持ったまま己の躯を見下ろした。

天木はキッチンのフックにかかっていたサロンエプロンを拝借して身につけていた。黒一色のシンプルなデザインが、しなやかな天木の躯のラインを引き立てている。

異様な雰囲気をたたえた大成がつかつかと天木に歩み寄ってくる。反射的に天木は後退ったが、キッチンはそう広くない。すぐに追いつめられ、天木は長い両腕で抱きしめられた。

スーツを汚してしまわないよう、天木はピーラーを高く掲げる。

「何をしているんだ、おまえは」

大成は感極《かんきわ》まったように天木のうなじに顔を埋めていた。ぎゅうぎゅうと抱きしめてくる腕が熱っぽい。

「怜也がエプロン姿で俺の帰りを待ってくれる日が来るなんて――」

「いつも酒のつまみくらい作ってやっているだろうが」

気恥ずかしくなってしまった天木は、そっけなく大成の躯を引き剥がそうとした。だが、離れるどころか頬擦《ほおず》りされてしまい眉根を寄せる。

触れ合った肌から、大成の熱がより明確に伝わってくる。昨夜満たされなかった欲求が――ざわめく。

ただ尻を刺激され、イければいいというものではないのだ。

昨夜大成自身を与えられなかった躯はちっとも満足していない。もっとちゃんと愛して欲しいと訴えている。

今日は話をしようと思っていたのに——どうしよう。したい———。

「したいのか、怜也」

甘い声を耳に注ぎ込まれ、天木はひくりと身を竦めた。

「は……っ」

「ああ、怜也——」

天木を掻き抱く手が小さく震えているように感じられ、天木は首を傾げた。

「たい、せ……？」

「エプロンも服も全部脱がして、怜也の体中、ありとあらゆる所にキスしたい」

いきなり卑猥な台詞を耳に吹き込まれ、天木は真っ赤になった。

「変態か、おまえは！」

「いやか？」

大成の情欲に濡れた眼差しは、本気でそうしたいのだとねだっている。

急に密着している下腹が意識され、天木は顔を背けた。

いやじゃ、なかった。

「ばかやろ」

火照《ほて》った顔をしっかりとした肩口に押し付けると、大成に抱き返される。

「怜也……っ」

髪にくちづけられる。それから顔を上げさせられ、唇をついばまれる。

身長差のある躯を調理台に押し付けるようにして背を丸めた大成は数度天木の唇を味わい——それから、飢えた獣《けもの》と化した。

食らいつくような勢いでくちづけられ、天木はのけぞる。欲しかったものがようやく与えられる——その充足感に、酔う。

だがすぐ深く挿し入れられた舌の動きに違和感を覚え、天木は凍り付いた。昨夜はそんな事感じなかったのに——と考え、天木は昨夜一度もくちづけられなかった事を思い出す。

「いつもと、違う——？」

思わず大成の躯を押し戻し呟くと、大成が口元を押さえた。

「……ああ、悪い。口内炎が少し痛くて」

なんだそうかと天木は納得する。痛みをこらえていたから、いつもと違ったのだろう。

「ベッドに行こう」

コンロの火を消し寝室に移動すると、天木はスプリングの効いたベッドに腰を下ろした。雄の表情を浮かべた大成がシーツの上に手を突き、座り込んでいる天木の顔に顔を寄せる。

鼻先がぶつかる距離に、天木は思わず目を伏せた。

「大成……？」

ちゅっと音を立て唇が吸われる。

大成が天木を囲うように腕を回し、エプロンの紐《ひも》を引いた。しゅる、と小さな音を立て、黒い布が床に落ちる。ついで無抵抗な躯をベッドに押し倒しシャツをめくりあげようとした大成がふと動きを止めた。

「怜也、目隠ししてもいいか？」

「――――何!?」

三角巾《さんかくきん》を頭から抜こうとしていた天木はぎょっとした。

ネクタイを引き抜いた大成がベッドから離れ、チェストから包帯を出してくる。背後に回った大成に眼鏡を外され、天木は呆れた。

「変態」

こんなプレイを求められたのは初めてだ。一体どこでこんな知恵をつけてきたんだろう。

「いいだろう？　何も心配はいらない。どうしてもいやなら途中で外してもかまわない」

白に視界を覆われる。幾重にも重ねられた包帯を通して見えるのは、ぼんやりとした白い光だけ。大成がどこにいるのかすら見えない。

いつ、何をされるのか、見えないからわからない。

なんだか怖くなってしまい、天木は四肢《しし》を緊張させた。大成の艶めいた囁きがどこからともなく聞こえてくる。

「ああ……すごく興奮する」

火照った指が天木のベルトを外し始める。ズボンを下着ごと引き下ろされ、天木は己の下肢が大成の目に晒された事を知った。

神経がぴんと張り詰める。

大成の手がふくらはぎを掴んだ。

膝頭《ひざがしら》に触れた柔らかいものは、きっと唇だ。目が見えないせいか、ぬめりと動く様をまざまざと感じる。

「怜也、ここも見せて」

「……っ」

膝を立てられぐっと割られ、天木は息を詰めた。何もかも剥き出しにする格好を強いられ、躯が強ばる。何も見えないのに、大成が天木の秘部を舐めるように見つめているのを感じた。

これは、思っていた以上に、まずい。

無防備に晒された太腿の内側に大成の髪が触れる。愛おしげに頬擦りされる感触に、天木は唇を震わせた。そのまま顔の角度を変え、大成が薄い皮膚を吸う——舌を伸ばし、ねっとりと舐める。

「塩の味がする」

濡れた肌にかかる息に肌が粟立った。

感覚の全てが大成に触れられている場所に集中していく。

「でもこっちの方がおいしそうだ——」

ちろりと感じやすい先端部を舐められ、天木は反射的に腰をひくつかせた。逃げるつもりだと思ったのか、大成が太腿を鷲掴《わしづか》みにする。

過敏な肌に硬い指が食い込むと、痛みと同時にぞくぞくするような興奮を覚えた。

見えない、せいだ。

そのせいでいつもより感覚が鋭敏になっている。

ペニスの表面をねろりと何かが這ってゆく。

血がそこに集まってゆくのをまざまざと感じた。

きっと己のモノは恥知らずにも、大成の目の前で角度を増しているのだろう。高ぶってゆく様を見られているのだと思うと恥ずかしくて、身の置き所もない。

大成はくびれた場所をなぞったり、からかうように割れ目に尖らせた舌先をねじ込んだりと、身をよじる天木をいじめるのに余念がない。

大成に触れられている場所が、熱くて熱くてたまらない。

「よせ、大成……っ」

天木が本当に困っているのに、大成はくすくす笑った。

「よせ？　こんなに感じているのに？　ああ、露がこんなに溢れている」

ちゅる、と先端を啜られ天木はのけぞった。

「あ……っ」

「ふふ、もうイきそうになっているのか？　だがもう少し我慢して」

片膝が更に深く折られた。少し浮いた臀部《でんぶ》にもう一方の手が添えられ、肉を鷲掴みにする。

アナルに添えられた指にぐ、と力が込められ、入り口が押し開かれた。

「あ……あ……っ」

天木の指先がシーツを掻く。

緩んだ入り口を湿った柔らかいものが撫でた。二度三度と往復し、たっぷりとそこを濡らしてから、内部への侵入を開始する。

大成ではない、別の生き物に尻を犯されているような気がした。それはより深く天木の中に潜り込もうと、ぐねぐねと蠢いている。指とも性器とも違う柔らかな責めはひどく淫らで、天木は唇を震わせた。

これはまさか——舌か？

天木は手探りで大成の髪を掴み、押し退けようと試みた。

「やめろ、大成……っ」

そんな事をされるのは初めてで、狼狽する。大成はとても情熱的な恋人だったが、行為はごくノーマルだったのだ。

「舐められるのは、いや？」

笑みを含んだ声で問われ、天木は唇を引き結んだ。

厭とか厭でないとか——そういう問題ではない。

そんな所を舐めたら、汚い。

それに……ひどく乱れてしまいそうで怖い。

舌が蠢くと、肉壁がひくひくと震える。変態じみた行為は、天木に今までとは違った快感を与えた。

「——あ」

くすりと笑った大成が、天木の腰を掴む。躯が反転させられ、天木は何をされようとしているのかわからないまま、尻を突き出すような姿勢で膝をついた。片腕しか使えない天木は姿勢を保つのに必死で抵抗できない。

大成の両手が再び天木の尻を掴み、左右から入り口を押し開く。

嘘だろう――。

「大成……っ」

やめろと言ったのに大成が再び舌を入れてきた。

逃れようとしても、大成にしっかりと尻を掴まれている。それに天木は後孔を責められる快楽に慣らされてしまっていた。大成にそこに触れられたら無条件に発情して、ぐずぐずになってしまう程に。

狭い肉をこじるように舌が動く。

舌が届く限り奥まで犯され、天木は肉をひくつかせた。

「あ……っああ……っ」

怒張《どちょう》した雄を挿入されるのとはまた違う、中途半端な感覚に翻弄《ほんろう》される。

もっと、と思っても求める深さまで届かない。激しく責めて欲しくてもやわやわとくすぐられるだけ。

それでも気持ちよくて、腰が溶けそうだった。

物足りない快楽に煽られ、天木は硬く反ったペニスからとろとろと露を垂らす。

ああ、だめ、だ――。

目の見えない天木の感覚の全てが、丹念に後孔を愛撫する舌と腰を掴む手だけに集中する。舌がもぞりと動くのも、指がアナルを緩めようと肉を揉むのも逐一知覚し、おかしい程煽られる。

じりじりととろ火で炙《あぶ》られるような快感。理性の糸が一本一本切れてゆく。

もっと太くて、硬いモノを埋めて欲しい。

「たいせ、も、い……っ。も、来い……っ」

我慢できなくなりかすれた声でねだると、ずるりと尻から舌が抜けた。

「まだだ。もっと緩めないと」

舌の代わりに今度は指が突き入れられる。すっかり発情してしまった媚肉をぬくぬくと刺激され、天木はどうにかして快楽を逃がそうと腰を揺すった。

恋人のなまめかしい痴態《ちたい》に大成がこくりと喉を鳴らす。

「そんな風に煽っては駄目だ。痛い思いをしたくないだろう？」

そんな事を言われても、無理だ。

天木は泣きたい気分でシーツを握りしめた。

「たい、せ……っ」

汗で湿ったシャツが肌にまとわりつき、びくびくとひくつく肉襞が大成の指を締め付ける。

指を前後に動かされる度、感じ入った声を漏らしてしまう己が、天木は恥ずかしくてたまらない。

何かが躯の中いっぱいに膨らんでゆく。もう爆発してしまいそうだ。

「限界、か」

小さなつぶやきが聞こえ、指が抜かれた。

躯が仰向けに返され、片足だけ抱え上げられる。

大きく足を広げた淫らな体位に、抗議する暇もなかった。

熱くて太いモノが待ち望んでいた場所に突き立てられた。

「あ、あ……あ、あ……っ」

大成のモノが柔らかく熟れた肉襞を押し広げ、奥へ奥へと入ってくる。

付け根まで埋めた大成が一度動きを止め、満足げなくちづけを与えた。

「怜也、すごい締め付けだ……そんなに欲しかったのか」

天木は小さく腰をよじる。

大成のモノがいつもより深い場所まで届いている気がした。天木の内部をめいっぱい押し広げたモノがどくんどくんと熱く脈打っている。

「動くぞ」

ゆっくりと腰が引かれる。それからずん、と突き入れられて、天木はのけぞった。

「はあ、う……っ」

「怜也、痛いのか？」

天木は首を振った。その逆だった。

「出、そ……」

「……それは困ったな」

意地の悪い響きを聞きつけ、天木は目隠しの下で眉を顰める。

再び大成が腰を使い始める。その動きはゆったりとしていて、気持ちがいい。でも達するにはもの足りない。

「ん……っ」

慣れない体勢ではあったが、天木も腰を淫猥《いんわい》に揺すり始めた。大成のモノを味わい、ぞくぞくするような快楽を噛みしめる。

イきたい気持ちもあったが、すぐ終わってしまうのは惜しかった。

汗でぬめる肌を合わせ、喘ぎながら、ぎりぎりの所でお互いを楽しむ。

「ああ、怜也は奥が好きなんだな」

やがて天木の弱点に気がついた大成が深い場所を突き、びくびく震える媚肉を楽しみ始めた。

そんな所でこんなにも感じてしまうとは、天木自身知らなかった。多分体勢のせいで大成のがいつもより深くまで届いているのだろう。

大成の手が繋がったままの天木の腰を掴み、引き起こす。

「もっと気持ちよくなれるようにしてあげる」

そのまま大成の腰の上に座らされ、天木は喘いだ。

自重《じじゅう》がかかるせいで、より深くまで大成が届く。いい場所にもろに先端があたり、じいんと腰が痺れた。

「自分で腰を動かして見せて」

天木のシャツの前を開けながら、大成が耳元で囁く。その指が硬く尖った胸先を掠り、
天木は熱い吐息をついた。

欲望に突き動かされるまま、天木は白い闇の中、手探りで大成の肩を掴み不器用に腰を

動かし始める。

——動かずにはいられなかった。

「あ、いい……っ」

大成はきっと見ている。大成を性具のように使い、快楽を貪《むさぼ》る天木の淫乱な姿を。わかっていたが、もう何も考えられない。

はだけたシャツの前から覗く乳首を、大成が指先でつねりあげる。

「あ、ふ……っ」

屹立したモノの先端からとぷりと露が溢れた。

一瞬力が抜け、天木は大成の腹の上に座りこんだ。凶悪に膨らんだ先端がイイ場所をえぐる。

「うあ、あっ、は……っ」

痺れる————。

肉襞がきゅうっと大成を締め付ける。大成もまた色っぽいうめき声をあげた。

「怜也。——すまない、もう我慢できない」

いきなり突き倒され、天木はマットレスに背中を打ち付けた。繋がったまま大成が体勢を入れ替え、天木を組み敷く。

何も見えないせいで状況がよくわからず反射的に起きあがろうとした天木を、大成は力強い四肢で押さえつけ深々と貫いた。

「……っ！」

自制する事をやめた大成は、今までの穏やかさが嘘のように激しかった。

荒々しく腰を打ち付けられ、天木は身をよじる。

気持ちがいい――――でも、なんか、変だ――。

強烈な違和感に、天木は躯を強ばらせた。

これ、大成じゃない。

この動きは――このやり方は、大成とは違う気がする。

視界を遮《さえぎ》られているせいだろうか、天木の胸の裡はたちまち不安で塗りつぶされた。

――私は、誰に抱かれてるんだ？

包帯の下で、天木は無意味に目を凝らす。

「あ……っや、たい、せ……っあ……っ」

低い喘ぎ声が部屋に響く。

天木は腰を掴む腕を引き剥がそうとしたが、できなかった。

それどころか巧《たく》みに与えられる快楽に、躯は登り詰めてゆく。

天木はシーツを掻《か》き毟《むし》り、のけぞった。

怒張しきったペニスが白濁をまき散らす。

絶頂に達した天木の中がひくつき、尻を犯し続ける大成を締め付けた。

「怜也……愛している」

強い腕に抱き締められる。奥にたっぷりと精液を注ぎこまれ、天木は震えた。躯の内側から熱い体液に浸食されていくような気がした。だが天木は、男の腕の中から逃れる事すらできない。

それどころかあまりの快楽に危《あや》うくまた気をやりそうだった。激しすぎた行為のせいでまだ力が入らない。

「好きだ、怜也。怜也、怜也……」

力なく喘いでいる天木の顔のそちこちに男がくちづける。天木の内部に埋め込まれた楔《くさび》はまだ萎《な》えていない。

「怜也」

もそりと、男が腰を動かしたのに気がつき、天木は危機感を覚えた。

「おい、待て……っ」

「駄目だ。まだ足りない」

にちゃり、と天木の内部に注ぎ込まれた体液が濡れた音を立てる。先刻より滑りがよくなった上、天木の肉は達したばかりのせいでひどく感じやすい。ぐん、と突き上げられた途端びくびくと反応し、男を喜ばせてしまう。

「すごいな蕩けるようだ……」

剛直が何度も何度も天木を突き上げ、犯す。

いやだ、と天木は頭を振った。

視界を覆う包帯を夢中で毟り取る。

「あ――――」

天木は、目を見開いた。

男は仰向けになった天木の腰を抱え上げるようにして貫いていた。天木を感じさせるのに傾注していたせいだろう。服も脱いでいない。ズボンの前を開いているだけだ。

天木は左手を伸ばし、男の頬にあてた。

夢中になって天木を味わっていた男が、ん？　と首を傾げ、腰の動きを止める。キスをねだられたと思ったのだろう、身を屈める。

「大成、だ」

ぽつりと天木がこぼした言葉に大成は一瞬動きを止めたが、そのまま唇を重ねた。

天木は混乱する。

違うと、確かに思った。だが目の前にいる男は、大成にしか見えない。

――どうしてあんなに明確に違うと感じたんだろう。

「どうした」

汗で湿ったシャツを鬱陶しそうに脱ぎ捨て、大成がまたゆっくりと腰を動かし始める。

天木は内心の動揺を押し隠し、大成のものを己の中から抜き出そうとした。

「誰が第二ラウンドまでつき合うと言った」

だが大成は口角を上げ、淫靡《いんび》な笑みを形作る。

「悪いがもう少しつき合ってくれ。わかるだろう。俺はまだこんななんだ」

ぐいっと腰を突き入れられ、天木は目を据わらせた。

大成のモノは一度出したとは思えない程漲《みなぎ》っていた。

「自分で抜け」

「怜也の中が気持ちよくて、出たくない」

「この……」

「怒るな。満足させてやる」

大成の掌が天木の柔らかくなったモノを包み込む。

「さ、わるな……っ」

「好きだ、怜也」

そう告げるなり大成は腰の動きを早めた。疲れの見えない猛々《たけだけ》しさに、天木は抵抗など無意味だと悟る。

天木は喘いだ。

「はあ、あ……っ、あ、たい、せ」

先刻後ろだけで達してしまった躯である。前まで一緒に責められたらどうしようもない。頭がおかしくなりそうな程気持ちいいのに、一度達した躯はなかなか上り詰める事ができず、天木は髪を振り乱して身悶えた。

「堪らないな。怜也のよがる姿見ていたら、何回だってできそうだ」

「ば……っ、あ、ああっ」

大成の背に爪を立て、天木はきつく目を瞑る。

躯がびくびくと震え、精を放つ。くたびれはて、息も絶え絶えな様子で喘いでいる天木を抱きしめ、大成が嬉しそうに囁いた。

「ふふ、そんなに俺を締め付けて……っ。出すぞ」

「あ……」

外に出せ、と言う間もなかった。またも躯の中に熱い精を注ぎ込まれ、天木は顔を顰めた。

「怜也、怜也。……愛してる」

本当に愛しげに抱き竦められ頬擦りされ、天木もまた左腕を大成の首に回す。汗に濡れた男の躯は、筋肉質で力強い。

ぬるりと尻の狭間から雄が抜き出される。思わず溜息めいた声を漏らすと、男は天木を両の腕で掻き抱いた。それ以降の記憶はぷつりと途切れている。

＋　＋　＋

「……くそ、腰が痛い……」

翌朝目が覚めた天木は天井を睨みつけ悪態をついた。

肩までかけられていた上掛けを蹴飛ばし、むっくりと身を起こす。

裸のまま失神するように寝入った筈なのに、天木はサイズの大きなパジャマを着ていた。

肌はさらりと乾いており、二度も中出しされたのに下着が濡れている様子もない。

シーツも清潔そのもので、性の匂いはどこにも残っていなかった。

「どういう事だ……?」

可能性は一つしかない。大成が全て始末したのだ。

天木の後ろから精液を掻き出し、全身を洗い清め、パジャマを着せた。

天木は壁に頭を打ち付けたくなった。

「うう……起こせよな……」

いい年をした男が赤ん坊のように面倒を見られるなんて、いかがなものかと天木は思う。おまけにこの間も同じような事をされたから、天木は知っている。大成がどんなに幸せそうな顔でそういう作業をするのかを。

あの男は愛しげに目を細め、まるで壊れ物であるかのように天木を扱うのだ。

ひどくくすぐったく恥ずかしい気持ちがこみ上げてきていたたまれない。だがいつまでもベッドの中でむくれている訳にもいかない。空腹に急かされ、天木はへっぴり腰でベッドを降りた。

午前の光に照らし出された洋館は静まりかえっている。

すでに時刻は昼近く、大成の姿はない。キッチンの冷蔵庫にメモが残されているのを発見し、天木は腰を手で押さえたまま眺めた。

『昨夜は無理をさせて悪かった。時間なので会社に行ってくる。ビーフシチューもサラダもとてもおいしかった。何かあったら何でもいい、連絡してくれ。愛している』

「……恥ずかしい男」

鍋の中にはビーフシチューが半分残っている。サラダも冷蔵庫に入っていた。

溜息をつくと、天木はビーフシチューをあたためて皿に盛った。面倒なのでサラダはボウルのまま、ドレッシングを振りかけてしまう。白飯とレモン水と一緒に朝食を大きな盆に載せ庭に出ると、天木は芝生の真ん中に置かれたテーブルに盆を置いた。ほっそりとしたデザインの椅子に腰掛けて足を組む。

「愛してる、か」

夜が明けた今、昨夜の事は全て夢のように現実感をなくしていた。

あれはなんだったのだろう。

天木は記憶を反芻《はんすう》する。

違うと、思った。

自分を貪っているのは大成ではない、と。

——だがそんな事がある筈ない。

木々や家々の向こうにきらきら輝く海を眺めながら天木はサラダボウルを抱え、フォークでレタスをつつく。

もぐもぐと口を動かしながら、天木はふと思いつき指輪の位置をずらした。

天木の指はもう、指輪がはまっている場所だけ白く色が抜けている。だが、昨日見た大成の指には日焼けの跡すら残っていなかった。

日差しの下では一度も指輪をつけた事などなかったかのように。

天木はフォークを止めしばらく考え込んでいたが、やがてポケットから携帯を取り出し、団地の萩生田宅に掛けてみた。

虚しくコール音が続いた末、留守録が単調な声で応答を始める。誰も出ない。

小さな溜息を付き、天木は携帯をテーブルの上に投げ出した。

「俺が気にしすぎなのかな……」

――指輪の跡がない指。

――妙に羽振りがよく、指摘されるまで、天木に向かって『あんた』と言った。

――おまけに今までとは趣向の違うセックス。

「サスペンスドラマじゃあるまいし」

天木はくすりと笑うと、ビーフシチューを口に運んだ。時間をかけて煮込んだおかげだろう、そう高い肉を使った訳でもないのに、おいしく仕上がっている。

ちょうど卒園式でもあったのか、制服を着た園児がスーツ姿の母親に手を引かれ生け垣の向こうを歩いていく。どこかで見たような顔をした子どもだなと思いつつ、天木はゆったりと背もたれによりかかった。

「春、か」

夕方になったらもう一度大成の家に電話してみよう。世話になった礼を言い、ついでにちょっと大成の事を確かめればこのうすら寒い不安は消えるだろう。それまでどうやって時間をつぶそうか。

のんびりと料理を口に運んでいた天木の手が止まった。

「うん？」

先刻と同じ園の子なのだろう、同じ制服で身を包んだ子供がワンピースを着た母親に連れられ歩いてくる。その子供の顔が、先刻通りすぎた子供と全く同じに見えた。

ぞくぞくっと背筋に冷たいものが走った。

「——馬鹿馬鹿しい。何を考えているんだ、私は。気のせいに決まっている」

園児の顔など、そうまじまじと見ていた訳ではない。

——だが。

甲高《かんだか》い子供の声が空に響く。なんだか気味が悪くて、天木は盆を持って立ち上がった。もう制服を着た園児など見たくない。食事の続きは家の中で取ろうと歩き出す。

その刹那《せつな》、携帯がけたたましい電子音を発し、驚いた天木の手から食事の盆が飛び出した。半分も食べていないビーフシチューが飛び散り、芝生を汚す。

＋　＋　＋

昼すぎ、細身のスーツに身を包んだ天木は、駅前の喫茶店の扉を押し開いた。

古びた雰囲気の店内には、背もたれが低い天鵞絨《ビロード》張りの椅子が整然と並んでいる。カウンターの中では老夫婦がポットを傾け、コーヒーを落とそうとしていた。その後ろに掛けられた壁掛け時計がチクタクと単調な音を発している。

昭和の時代から時が止まっているかのような空間を物珍しげに一瞥し、天木はたった一人だけいる客に向かって歩き出した。

朝食を駄目にする原因となった電話は上司であるプロジェクトマネージャーからだった。

丁度客先を訪問するため近くまで来るらしい。見舞いに行っていいかと問われ、大成の家に呼ぶのもどうかと思った天木はここで会おうと提案した。

多分上司は、天木を次のプロジェクトに入れて大丈夫なのかどうか確認したいのだ。

約束の時間より早めに家を出たのだが、上司は既に到着していた。

ぴっちりと後ろに撫でつけられた黒髪がてかてか光っている。無難《ぶなん》なグレイのスーツに包まれた体躯は、天木より少し骨太だ。

「すみません、遅くなってしまって」

恐縮しつつ天木は上司の前の椅子を引く。

「ああ、気にしないでください。私が早く来てしまっただけなんですから」

おっとりとした物言いに、天木は思わず角ばった上司の顔を見直した。

なぜこんな話し方をするんだろう。

上司はいわゆる典型的な理系人間だ。早口にせかせか話す。こんな話し方はしない。

壁掛け時計がぼうんと間の抜けた音をあげる。ゼンマイが緩んでしまっているらしい、告げられた時刻はまるで見当違いだった。

「早速ですが、仕事の話に入ってよろしいか」

眠たげな目を鬱陶しげに瞬かせ、上司は隣の椅子に置いてあった包みをテーブルに載せる。

「これは……？」

大きな箱の蓋《ふた》を開けると、いかにも高価そうなアンティークドールが一体横たわっていた。青い硝子玉でできた目を見開き、天井を見つめている。

フリルのたくさんついたエプロンドレスの胸元に、金色の巻き毛が垂れていた。滑らかな肌の質感も、ほんのり頬に載った薔薇色の発色も、その辺の人形とは比べものにならないくらい美しい。だが何故上司はこんなものを持ってきたのだろう。

上司は目を細めドールを見つめている。

「これを指定の日に、指定の場所に届けていただきたいんですよ」

「……は？　ちょっと待ってください。どうしてそんな事を私に」

「悪い仕事ではないでしょう？　たった数日、人形を保管して届けるだけ。礼金もほら、ちゃんと用意してきました」

上司がにこやかな愛想笑いを顔に張り付け封筒を押し出すのを、天木は信じられない思いで見返した。

天木はてっきり会社の仕事の話をするのだと思ってやってきたのだが、どうやら上司は個人的な依頼をしに来たらしい。有休をとっているから丁度いいと思ったのだろうか。

「人形の保管には気をつけてください。本物のアンティークで替えのきかない代物《しろもの》です。ある人の心が籠もった品なんですよ」

　天木は迷った。

　こんな話は断ってしまいたい。

　だが変に根に持たれて、今後の仕事がやりにくくなったら困る。

　箱に元通り蓋をすると、上司は愛情が感じられる手つきで焦げ茶色のリボンを掛けた。脇に避けてあった封筒とともに紙袋に納める。

「受け渡しの日時についてはここに書いてあります。くれぐれも人形を傷つけたりしないように。それでは私はこれで失礼しますよ」

　まだ二十代なのに、よっこらしょ、と掛け声を上げ立ち上がると、上司は伝票を持って通路を歩いていった。

　古いレジスターがちんと涼やかな音を立てる。

　狐《きつね》に摘まれたような気分で押し付けられた紙袋を眺めている天木に、ようやく店員が注文を取りに来た。メニューも見ずにコーヒーをオーダーし、天木はテーブルに置かれた水を一気に飲み干す。

　まるで知らないうちによく似た別の世界に迷い込んでしまったような気分だった。

外見は上司と同じなのに、口調が違う。やる事なす事、全てに違和感がある。

――まるで、大成みたいに。

そう気付いたら、ぞっとした。

「やはりこの人形を預かるのは、やめよう」

上司は不快に思うかもしれないが、なんだか気味が悪い。とても手元になど置いておけない。

上司はこれからこの近くにある取引先の会社を訪問する筈だ。電話して帰りに落ち合えるようにすれば、人形を返却できる。今からでも遅くない。

気を取り直し携帯を手に取った途端、着信があった。画面を確認して上司からの電話だと確認した天木は、気を引き締めて通話ボタンを押す。

だが話を切り出す事はできなかった。携帯の向こうから聞こえてきた硬質な声は、天木を更なる混乱に陥《おとしい》れた。

『ああ、天木か。遅れてすまん。渋滞につかまってしまって、約束の店に着くまであと三十分くらいかかりそうだ』

狂った壁掛け時計がまたぼうんと時を告げる。

『え、もういらしたじゃないですか。さっき、人形を――』

『人形？　何の話だ？　悪いが信号が変わる。一旦切るぞ』

切れた携帯を握りしめ、天木は困惑した。

——何がどうなっているんだろう。先刻自分が話したのは、一体誰だったんだ？

奇嬌《ききょう》な振る舞いをする上司。同じ顔をした園児。別人のような恋人。

まるで悪夢を見ているような気分だ。

だが人形の入った箱は確かに目の前にあり、天木に約束の履行《りこう》を迫っている。

高価な美しいアンティークドール。

関わり合いたくないが、天木には返すべき相手すらわからない。捨ててしまうのも躊躇われる。

カウンターの中、丸椅子の上に立った老人が、狂った壁掛け時計のぜんまいをきりきりと巻き始めた。

＋　＋　＋

揺れる。

「怜也！」

鍵を差した途端、扉が内側から開かれた。とっさに後退った天木の手に下がった紙袋が

家の中から飛び出してきた大きな影にいきなり抱き竦められ、天木は棒立ちになった。

「……大成」

靴も履かずに出てきたのは、大成だった。黒っぽいスーツ姿のまま、ネクタイも緩めていない。余程慌てたのか薄手の靴下のままマットの上に立っている。

「随分と熱烈な出迎えだな」

「連絡もしないでどこに行ってたんだ。帰宅したら家中真っ暗で、心臓が止まるかと思った。携帯も繋がらないし」

天木は携帯を出してみて、電源が切れていた事に気がついた。先に帰ってきてしまった大成は天木を探し回ったらしい。全ての部屋に煌々《こうこう》と灯りがともっている。

「仕事でちょっと呼び出されたんだ」

「具合が悪くなったのか、出て行ってしまったのかと思った」

「なぜ」

大成が、虚を突かれたような顔をする。

「それは昨夜しつこくしすぎたから――」

天木は憮然とした。

そういえば、天木は昨夜、大成に散々に貪られたのだ。

天木は冷ややかに大成を引っ剥がす。こういう話題で天木がつれない態度を取るのはいつもの事だ。軽く受け流すのが常なのに、大成は苦しそうに顔を歪めた。

「昨夜の事は悪かった。謝るから、許して欲しい。気が済まないなら、何だって言う事を聞く。――だから今度からどこか行く時には必ず教えてくれ。どこかで倒れているんじゃないかと考えてしまって、本当に気が気ではなかったんだ」

色々と業腹《ごうはら》であるが、大成は本当に心配していたようだ。

天木はひとまず怒りをおさめると、大成の背を押した。

「わかったから、家に入ろう」

もつれるようにして二人は玄関をくぐる。

「仕事で出掛けたと言ったな。会社まで出勤してきたのか?」

天木は踵《かかと》を擦り合わせて靴を脱いだ。

「いや。喫茶店で軽い打ち合わせをしただけだ。――おい、その靴下は脱いで上がれよ」

天木に釘を刺され、大成は土の付いた靴下を片方ずつ脱ぐ。

「何も問題なく済んだのか？」

「問題？　打ち合わせ自体は問題なかったんだが――不思議《ふしぎ》な事があった」

リビングに入ると、天木は大きな紙袋に入った包みをテーブルの上に置いた。ネクタイを抜きながらソファに腰をおろし、大成にアンティークドールを預かった時の事を話し始める。

あの後、天木がまさかと思いつつ待っていると本当に三十分後に上司が現れた。先刻一度来た事など知らぬげに事務的に話を詰め、アンティークドールの包みについても見覚えがないと明言した。

大成に話しているうちに、時代に取り残されたような喫茶店の中にかすかに漂っていた煙草《たばこ》の匂いや壁掛け時計の音、どこかねっとりとした一人目の上司の声音に、背筋がぞっとするような感覚までもがまざまざと蘇《よみがえ》ってくる。

「なんだか、気持ちが悪いな。出掛ける前にも、同じ顔した子供を見たような気がしたんだ。今日はそういう日なんだろうか……」

摩訶《まか》不思議な天木の話に、大成は考え込んだ。

「……一度目に会った上司は、名刺をくれようとはしなかったか？」

「そんなものやりとりするわけないだろう。同じ会社の上司だぞ」

「指示書をもらったと言っていたな。もう中は見たか」

「いや――」

混乱していたせいか、天木は書類を改める事をすっかり忘れていた。大成に指摘され、はじめて紙袋の中に入れられていた大きな封筒を取り出す。大成は天木から封筒を受け取ると、中から更に小さな封筒と何かが書かれた紙を取り出した。

紙を一瞥した大成が天木に渡す。

「引き渡し指示書だ」

ボールペンで書かれたメモはひどく字が汚くて読みにくかった。

「どうやら単なる人違いのようだな。怜也が会ったのは上司じゃない。人形の所有者の兄だ」

「じゃああれは本当に別人だったのか？」

ありえない、と天木は思った。上司との待ち合わせ場所にたまたま上司とそっくりの人間が現れるなんて、そんな偶然がそうそうある訳がない。誰かが何かしらの意図をもって仕組んだのではなかろうか。

「連絡先はあるか？　こんな仕事、引き受けたくない。人形を返してしまいたいんだが」

「残念ながら連絡先はないな。それに持ち主はもう亡くなっている。病死だったそうだ」

天木は、息を呑んだ。

一体どういう事なんだろう。

小さな封筒に入っていた便せんを広げ目を走らせていた大成の表情が憂いを帯びる。

「この人形は別れた妻が育てている娘への誕生日プレゼントなんだそうだ。死ぬ前に用意しておいたんだな。渡して欲しいと頼まれ兄が預かったが、離婚した時に色々とわだかまりがあったらしい。自分の顔を見るのは気分が悪いだろうから、代理人に託すと書いてある。多分兄とやらは代理人として便利屋か何かを雇ったものの、会うのは初めてで顔を知らなかったんだろう。それで怜也と間違えた。——これは元妻に宛てた手紙だ」

「亡くなった人のもの——」

大成は便せんを畳み、封筒に戻した。最後に残った写真を天木に渡して見せる。

「娘への最後のプレゼントという奴だな」

縁がくたびれてしまっている印画紙の上では、一組の男女と愛くるしい少女が笑っていた。

天木は顔を強ばらせた。

天木もこういう写真を持っていた。上っ面だけ幸せそうに調えた家族写真。この女の子の笑顔は本物なのだろうか？

「──一体、何なんだ。どういう意図があって私にこんな事をさせようとする」

苛立つ天木に、大成が上の空で呟く。

「さあ……。だがもしかしたら、その男は本当に、相手を間違えただけなのかもしれない……」

天木は驚き、何やら考え込んでいる大成を凝視した。

どうしてそんな風に思えるんだろう。

「この人形、どうすべきだと思う」

硬い声で天木は問う。大成は携帯のカレンダーを確認した。

「誕生日プレゼントを受け取れなくなっては娘さんが可哀想《かわいそう》だ。俺が届けよう」

「大成が？　明後日は平日だぞ？　それに私が引き受けてしまった事だ、別に大成に押し付ける気はない」

「有休を取るから大丈夫だ。いいから俺に任せてくれ」

天木は胡乱《うろん》な目で大成を眺めた。有休を取ってまで行きたがるなんて、どう考えても不自然だ。

「なぜだ？　おまえ、この一件と何か関わりがあるのか？」

大成が少し目を見開く。一瞬の表情は、本当に驚いているように見えた。

「まさか。ただ怜也が心配なだけだ。怜也はご両親の事に随分傷ついていただろう？」

天木は息を詰めた。

「昔の話だ」

「――そうだな」

大成は青ざめた天木の隣に席を移し、そっと手を握る。

「だが俺はあの頃の怜也が忘れられない。怜也にはもうほんの少しでも傷ついて欲しくないんだ」

柔らかく包み込んでくれる手はあたたかく、瞳の色は真摯だ。

それなのに目の前にいる男に素直にありがとうと言えず、天木は目を伏せた。

＋　＋　＋

翌朝、仕事に行く大成を送り出した後、天木は身なりを整えて家を出た。

空はよく晴れており日差しがあたたかい。駅に辿り着くと、天木はホームで電車を待ちながら携帯を取り出す。

ここ数日、何度も掛けている番号を呼び出してみるが、コール音が鳴るばかりで相手は出ない。

だが今日はそれで諦めるつもりはなかった。

今の状況は気に入らない。天木は昔のように大成を信頼したいし愛したい。

ホームに滑り込んできた電車に決然とした眼差しを投げ、天木は足を踏み出す。

事故以後、急速に不思議の国と化してしまったこの現実を、天木は少しでも理解できる形に修復するつもりだった。

どうすればいいのかはっきりわかっている訳ではなかったが、確認できる所から一つずつ疑問点を潰してゆけば、きっと何かが明らかになる。

電車を乗り継ぎ、子供の頃から慣れ親しんだ駅へと降り立つ。商店街を抜け、目的地である建物を見上げると、窓硝子が日の光を反射し白く光った。

平日の昼間という事もあり、団地は静かだった。自分の部屋がある階へと上り、天木は一つ隣の部屋の前に立つ。インターホンを鳴らすとすぐ扉が開かれた。

薄暗い玄関には、年老いた女性がいた。

何度電話を掛けても出てくれなかった、大成の母親だ。その思いがけない姿に、天木は言葉を失った。

病院で会ってから数日しか経っていないのに、大成の母親は別人のように老け込んでいた。目の下に濃い隈《くま》が浮いている。おまけに泣いていたのか目が赤い。

訪ねるといつもにこやかに招き入れてくれるのが常だったのに、今日は天木から逃げるように目を逸らし、顔を見ようとしない。

「おばさん？　どうしたんですか」

天木が戸惑い問うと、母親の目からつうっと涙がこぼれ落ちた。コンクリートの床にぽたぽたと落ちた水滴が、黒い円を描く。

背中を丸め泣いている彼女の痛々しい様子に、天木は狼狽えた。

「あの……っ」

ハンカチを渡そうとポケットを探っていると、母親の手がすっとあがり天木の手首を掴んだ。思いの外冷たく骨ばった感触に、なんだかぞっとする。

急いで靴を脱ぐと、母親にリビングへと連れて行かれた。

部屋に入った天木は、仏壇に飾ってある写真が増えているのに気がつき、首を傾げる。

大成の写真が飾ってあった。

――まるで、遺影みたいに。

「おばさん、なんですか、これ。大成はどうしたんですか……？」

天木の呟きを聞いた母親が堰《せき》を切ったかのように泣き始めた。崩れるように畳の上に座り込み両手で顔を覆う姿を、天木は訳が分からないまま見下ろす。喉から絞り出すような慟哭《どうこく》に、心がひどくかき乱された。

何故おばさんは泣いているんだ？

天木は彼女を実の母親以上に慕っていた。天木にとって、彼女はいつだって自分たちを見守ってくれる揺るぎない存在で――こんな風に泣き叫ぶ姿を見る日が来ようとは思ってもいなかった。

天木はおずおずと膝を突き、大成の母親の肩を抱こうとした。だが天木の指先が触れた途端、彼女は弾かれたように身を引き、顔を背けた。

「ご……っ、ごめんなさい、怜也くん。今日はもう……っ、帰って、くれる？　おばさん、駄目なの。あなたを見ていると――つらくて――」

天木ははっとして手を引っ込めた。

どうやら自分はここにいる事で、大成の母親に多大な苦痛を与えてしまうらしい。

「あの、おばさん。――ごめんなさい……」

天木が曖昧に謝罪すると、母親は力なく立ち上がり、よろめきながら廊下の奥へと遠ざかって行った。途中で屑籠《くずかご》をひっかけてしまい廊下に紙屑が散らばったが、一顧だにしない。

たん、と音を立てて襖《ふすま》が閉まる。一拍置いて、胸が引き裂かれるような号泣が聞こえてきた。

――これは、どういう事だ？

天木はのろのろと立ち上がった。ここにいても仕方がないとわかっていたが、この状態の大成の母親を一人にしておくのは躊躇われる。それに――と、天木は仏壇の中へと目を遣った。

大成の母親の反応に、この写真。

これでは、まるで――。

心臓が厭な鼓動を打ち始める。本当に悪夢でも見ているかのように、世界が揺らごうとしている。

やがて形だけ鉄扉が叩かれ、ひょこりと近所のおばさんが顔を覗かせた。

「ちょいとお邪魔しますよ。あれ怜也くん、来ていたんだ」

「はい。あの、大成のおばさんが――」

「うん、聞こえたから来たのよ。あとはあたしが付き添うから、あんたは帰んなさい。心配だろうけど、今はあんたがいない方がいいわ。あんた、大成くんと仲良かったものねえ」

無遠慮に入ってきたおばさんを見つめ、天木は唾を飲み込んだ。恐る恐る尋ねてみる。

「あの、大成、どうしたんですか?」

腰を折り、ひょいひょいとゴミを拾っていたおばさんが顔を上げた。

「今更何言ってんの。あんた事故の時一緒にいたんでしょ。……あ、でもそういえば怜也くん、記憶障害が出たんだっけ? 大成くんのお通夜《つや》にも来ていなかったのは入院でもしていたからなの?」

「通夜……」

生々しい単語に天木はひるんだ。

「会社の人とか学校の友達とか大勢来てたのよ。泣いている人がいっぱいいたわ。大成くん皆に好かれていたのね……っ」

無神経に思える程平然としていたおばさんの語尾が乱れた。ぐす、と鼻を啜り、顔を背ける。

それじゃ大成は——死んだのか?

どくん、と心臓が脈打つ。

まるで全身が心臓になってしまったかのように、指先にこめかみに、鼓動を感じる。

天木はじりじりと後退った。

「あの……それじゃ、大成のおばさんの事、お願いします」

「うん、まかせといて」

おばさんは後ろを向いたまままるっこい手を上げ、ひらひらと振って見せる。

廊下に出ると、天木は冷たい鉄の扉に寄りかかった。

目の前に広がる隣の棟のベランダには誰もいない。ただ洗濯物だけがはためいている。

天木は深呼吸を繰り返し、頭の中を整理しようと努めた。

近所のおばさんの口振りだと、大成は事故の際に死んでしまったらしい。

大成の家には仏壇もあった。母親も取り乱していた。

だが、本当に大成が死んだのなら、どうしてその事を自分は今日まで知らなかったんだ？　病院でも誰も何も言わなかった。大成のおばさんもだ。

それに大成が死んだなら、自分が今一緒に暮らしている大成は誰だ？　大成でないとしたら、どうして天木の嗜好を知り、アルバムを所持している？

扉を背後に押し、ふらりと前に出ると、天木はほんの数歩の距離にある自分の部屋へと躯の向きを変えた。今までそんなものがある事すら忘れていた手すりに手を添え、雲を踏んでいるような足下の頼りなさに脅《おび》えながら自室へと向かう。

キーケースから取り出した鍵で扉を開けようとするが、手が震えてなかなか鍵穴に刺さらない。ようやく解錠し誰もいない室内へと入ると、天木はリビングへとまっすぐ延びる廊下を歩き出した。

荷物を取りに来た時に閉め忘れていたのだろう、開けっ放しになっていた窓を通して、甲高いタイヤの音が聞こえてくる。

どこかで誰か何らかの理由で急ブレーキをかけたのだろう。

ただそれだけの事なのに、強い目眩に襲われ、天木は目を瞑った。

瞼《まぶた》の裏に、アスファルトの上で光るフロントガラスの欠片が映る。

大成の名を呼ぶ自分の声が、なぜか遠く聞こえた。

なんだ、これは？

事故の時の記憶、か？

「大成……」

天木はぼんやりと前方を見やる。廊下の先のリビングは明かりを点けていないせいで薄暗かったが、その分大きな窓の向こうにある水色の空がひどく明るく眩しく見えた。

天木はその場にずるずると座り込み、廊下の壁にもたれかかった。眼鏡を外し手の甲で光を遮ると、今度は見知ったカウンターがふっと浮かんでいた。事故を起こした日の夕刻、天木が大成と待ち合わせたコーヒーショップのカウンターだ。

しんどそうに肘を突いて座っていた大成が天木がやってきたのに気づき、顔を上げた。

あの日、天木はなぜろくに連絡をくれなかったのかと文句を言う気満々だった。だが大成の顔を見た途端、用意していた言葉は全部引っ込んでしまった。

大成は明らかに前に会った時より痩せていた。頬がこけており、目に力がない。

どうしたんだと問う天木から目を逸らし、大成は別にと嘯《うそぶ》く。

らしくない態度にじわじわと得体の知れない不安がこみ上げてくる。天木はまずは話を聞こうとしたが、大成はぞんざいに手を振り、言葉を遮った。

――あのさあ。

明朗さを失った瞳が、天木を一瞬だけ捉える。

――俺、怜也と別れたいんだけど。

ぐさりと、冷たい氷の刃を心臓に突き立てられた気がした。

――聞いてる？　俺、他に好きな奴ができてさ――。

天木は両手で顔を覆った。

こんなのは、嘘だ。

こんな事が現実にあった筈がない。

だが目を瞑ると視点が変わり、今度は暗い車内でハンドルにつっぷしている大成の姿が見えた。大成は力なく目を閉じており、顔は黒っぽい液体で濡れている。

濃い血の匂いがした。

いつの間にか呼吸を止めていた事に気が付き、天木は大きく息を吸った。

部屋が回っているような気がする。姿勢を保っていられず、天木はざらついた壁に縋《すが》る。

夢なんかじゃない。大成は本当に死んだんだ。天木の、目の前で。


どれくらいの間そうして座っていただろう。

背後で鍵のかかっていなかった扉が開く音がした。

振り向いた天木の視界に長身の男のシルエットが飛び込んでくる。男の背景に見える空は、いつの間にか青から黒へと変わっていた。

「どこか行くときは必ず知らせて欲しいって言ったのに、また勝手に遠出したな、怜也。迎えに来たよ」

暗い室内に響く、妖しいほどに艶やかな声。

玄関で大成が、涼しい顔で天木に手を差し伸べている。

天木は後退った。

この男は大成に見えるが、大成である筈がない。

「おまえは一体、誰なんだ？」

震える声で尋ねると、男は優雅に首を傾げた。その仕草は大成が困ったときにするのとまるで同じで、体中の毛がそそけだつ。

男は怜也の前にひざまずき、囁いた。

「俺は、大成だ」

「嘘をつけ。大成は、し、死んだんだ……っ」

言葉にすると、急に真実味が増してきて、天木は喘いだ。

そうだ。大成は死んでしまったのだ。

わななく天木の唇に男が人差し指を押し当てる。

「しーっ。大丈夫、そんな事はない。だってほら、俺はちゃんとここにいるんだろう？」

「違う。おまえは大成じゃない！」

天木は男の手を振り払った。

この男は大成のふりをして、天木を欺《あざむ》いていたのだ。全くの別人を恋人と思い込み甘え

る天木の姿はどれだけ滑稽《こっけい》だった事だろう。

——天木はこの男とセックスまでした。自分から入れて欲しいとねだって、腰を振った。

たとえようもない口惜しさに襲われ、天木は奥歯を噛み締める。

自分がまんまと騙された事は、まだいい。騙された自分が馬鹿だったのだ。だが大成のふりをするなんて——大成に対する、冒涜《ぼうとく》だ。

「なら俺は、誰だ?」

静かに問われ、天木は男の顔を凝視した。

どんなに目を凝らしても、天木にはこの男が大成にしか見えなかった。

目に涙が滲んでくる。

この男は違う。

大成ではない。それなのに天木には、見分けすらつかない。

「落ち着いて、怜也。大成が死んだなんて、信じたくないんだろう? なら信じなくていいんだ」

「何を、言っている。そんな事ができる訳が——」

「できる。怜也だってもうわかってんだろう? ——俺は大成になれる」

天木は、あまりの恐ろしさに竦んでしまった。薄い眼鏡のレンズの向こうで、蠱惑的な微笑を浮かべる男を見つめる。

「一体、どうやって――――？　おまえは悪魔なのか？」

なりたい者になれるなんて、そんなのは人間業ではない。

悪魔なんて馬鹿げていると自分でも思うが、天木にはそんな事ができそうな存在を他に思い付けなかった。

大成は穏やかに天木の頬を撫で、額にくちづける。

「ちがうな。俺はただ、怜也が好きで、怜也に傷ついて欲しくないと思っているだけ。その為なら、なんだってできる」

「――狂ってる」

男は、微笑む。心から愛しげに――淋しげに、天木を見つめる。

「そうかもしれないな。とにかく帰ろう、怜也」

大成の姿をしたモノは甘い声音で誘惑した。

だがこれは本物の大成ではない。

「駄目だ」

拒絶する天木の手を、男が両手で包み込んだ。

「頼む、怜也。怜也をこの部屋に置いておきたくないんだ。怜也は俺が来るまでずっとここに座り込んでいたんだろう？」

天木は視線を揺らす。

その通りだった。

まるで壊れた人形のように天木は虚ろな目を瞠り、何時間もただ座っていた。

「今の怜也には助けが必要だ。それを俺にさせてくれ。怜也が嫌ならもう躯に触れたりしない。約束する。——それに俺が何者か知らないままでいいのか？」

そうだ。

天木は薄い唇を血が出る程噛みしめた。

天木は大成の為にもこの男の正体をつまびらかにしなければならない。

この男は何者なのか。どうしてこんな事ができたのか、一体何のためだったのか。

——この男は大成のアルバムを持ち、天木の好みについて熟知していたのだ。

「来るね？　怜也」

触っては機嫌を損ねると思ったのか、少し距離をあけ、男は下僕《げぼく》のように頭《こうべ》を垂れた。

「怜也が腹を立てているのはわかる——俺に騙されたと思っているんだろう？　怒ってもいいが、一つだけ覚えておいてくれ。大成がいないという現実に耐えられないなら、忘れていいんだ。俺が全ていいようにしてやる。俺は怜也が好きなんだ。怜也の為ならなんでもする」

大成と同じ顔が吐き出す甘い言葉はまるで毒のよう。天木の弱った心を搦《から》め捕《と》り、蝕《むしば》んでゆく。

本当にこの男は何者なんだろう。

壁を支えにしながら天木はよろよろと立ち上がる。共に来てくれるのだと理解したのだろう、大成が天木を見上げ、ほっとしたように微笑んだ。

＋　＋　＋

遠くから微かに波の音が聞こえる。大きな窓から、海岸特有の強い日差しが差し込んでくる。

春先とは言え気温はまだ肌寒い。少し開いた窓から流れ込んでくるひんやりとした空気には、微かに潮の匂いが混じっていた。

ベッドに腰掛けた大成が天木を見つめている。何もしないと言った通り、この男は昨夜天木に触れようとしなかった。

「おはよう、怜也。そろそろ起きた方がいい」

大成と同じ顔をした男が天木に声を掛ける。

「ん」

天木は硬い表情でサイドテーブルに置いてあった眼鏡へと手を伸ばした。

携帯をチェックしてすでに午近《ひる》い時刻になっている事を知り、くそ、と小さく罵る。

いつも判で押したように同じ時間に目覚めていたのに、またこんな時刻まで眠りこけてしまったなんて。

己の中に確固として在《あ》ったものがほろほろと崩れつつあるような気がする。

今日はアンティークドールを届ける日だった。大成にそっくりの男は自分一人で行くと言い張ったが、一度引き受けてしまった仕事を他人に丸投げするなんて無責任な真似《まね》はできない。話し合った末、天木も同行する事になった。

家に残っていても多分新たな手がかりは得られない。一緒に行けば何かヒントになる事を聞き出せるかもしれない。

気の乗らない朝食を済ませ、大成の手伝いを拒否して自分で服を着替える。晴れているせいかひどく冷え込んでいるので、コーデュロイのパンツにふわっとしたタートルネックのニット、ムートンをあしらったダッフルコートを合わせた。

一歩外に出ると冷たい風が髪を掻き乱す。きっちりスーツを着込んだ大成が車に人形を積み込むのを、天木は黙って見守った。

いつもと違う細身のネクタイを締めた大成に、近所のお兄ちゃんという雰囲気はない。

「怜也」

穏やかに促され、天木は助手席に納まる。大成は当たり前のような顔で運転席に座ると、車をゆっくりと発進させた。

こういう所で本物の大成とは違うのだと思い知らされる。

大成は免許は持っていたが、運転をしたがらなかった。車庫入れがへたくそなので、天木の車を傷めるのを恐れていたのだ。

だが、この大成は運転に慣れており、滑らかに車を動かす。

ぼんやりと窓の外を眺めていた天木は、不意に強い光に目を灼かれ、瞬いた。

カーブで日差しの角度が変わったせいだろう、大成からもらった指輪が陽光を受け、輝いている。

不意に泣きたい気持ちがこみ上げてきて、天木は強く目を瞑った。

指輪をはめさせるためテーブルの下で天木の手を掴んだ大成の掌の感触を、あの時味わった幸福感を、まざまざと思い出す。

「おまえは大成の知り合いだったのか？」

天木は窓の外に広がる薄水色の海を眺めた。

「……ああ」

すこし遅れて返事が戻ってくる。

「あの人にはとてもよくしてもらった」

「ならどうして大成のふりなんてしようと思ったんだ。おまえは私だけでなく大成に対しても酷い事をしているんだぞ」

大成の瞳が陰る。

「そうかもしれないな。だが大成はきっと俺のした事を責めないと思う」

天木は眉を顰めた。

「どうしてそんな事が言える」

不意に大成がステアリングを切って駐車場へと車を入れた。いつの間にか待ち合わせ場所である、川沿いのカフェ＆スイーツの店へと車は到着していた。

男は天木から顔を逸らし、車を降りる。

天木がドアを開け車から外に出た時には、大成はアンティークドールの入った包みを抱え、歩き出していた。

「渡してくる」

長い足を交互に動かし、川縁《かわべり》ぎりぎりまで張り出したウッドデッキへと上ってゆく大成を、天木は慌てて追う。

道路から二メートルほどの高さにある広いウッドデッキには、白いテーブルと椅子が並んでいた。平日の昼間な上に冷たい風が吹いているからだろう、客は少ない。

目的の少女はすぐにわかった。

ふかふかのフェイクファーのケープをまとい、他の客が連れてきた犬を撫でさせてもらっている。ケープにはウサギの耳のついたフードがついていて、五歳前後という年齢と相まってたまらなく愛くるしかった。すぐ近くのテーブルでコーヒーを啜っている、髪を綺麗に巻いた女性が母親だろう。

大成はまず母親へと向かうと、少し腰を折って挨拶した。先に手渡された封筒を受け取った母親が呼んだのだろう、しゃがみこんでいた小さな女の子がぴょこんと立ち上がりテーブルへと戻る。

椅子に座った女の子と目線を合わせる為、大成は躯を低くしてリボンのかかった包みを差し出した。嬉しそうな女の子と言葉を交わす大成の眼差しは優しい。

ウッドデッキの手すりに寄りかかり、天木は川に続く海へと目を遣った。

緑がかった川の面《おもて》に、白い鳥が何羽も浮いている。

天木は指輪を外し、眺めた。まだ真新しい輪の内側には、天木と大成の名前のイニシャルが流麗《りゅうれい》な筆致《ひっち》で彫り込まれている。

「大成……」

まるで同じ顔をしているあの男は、おまえの何だったんだ——？

潮の匂いが混じった空気を、鋭いブレーキ音が切り裂く。一台の車が駐車場につっこんでくるのが見えた。

天木は息を詰めた。

タイヤが路面を滑る甲高い音が、現実を圧倒する。新しい記憶が眼前に開ける。


窓の外を、街灯の光が流れてゆくのが見えた。

ハンドルを握る大成が思い詰めたような表情をしている。

別れたいと、コーヒーショップで大成に言われた。

天木はそういう展開もあり得ると頭の中では予測していたのだが、現実に切り出されるとどうしたらいいのかわからなくなってしまった。

張り詰めた声が聞こえたのだろう、近くの席の女性がちらちらと天木たちを盗み見ている。

大成が怠《だる》そうに唸った。

場所を変えよう。

大成がテーブルの上に置いてあった車の鍵を勝手に取り席を立つ。

天木は黙って後に従った。大成が店の駐車場に止めてあった天木の車の運転席に乗り込もうとしているのを見ても止めようとしなかった。頭に血が上ってとても自分では運転できそうになかったからだ。

――この指輪、返した方がいいんだよな？

強ばった笑みを浮かべた天木が指輪を外そうとすると、大成はやめろと一言だけ言った。

――――大成……。

やめろって、どういう意味だ？　返さず捨てて欲しいという事か？　それともまだ望みがあるのか？

迫ってくるガードレールに気がついたのは、震える手で指輪の上を押さえた時だった。

とっさに目を向けた大成は歯を食いしばり前方を睨みつけていた。

眠っていた訳でも、車がどこに向かっているのか気づいていなかった訳でもない。大成は、わざと電柱に突っ込んでいき、事故を起こしたのだ。


乱暴に車のドアを閉める音が響き、男が一人階段を上がってきた。

「パパ！」

幼い少女が叫ぶ。一瞬迷ったものの、依頼人ではなく新しい父親なのだろうと察した天木は大成たちの方を振り返り、ぎょっとした。

少女の母親が儚《はかな》げに顔を覆い、泣いている。大成は床にひざまずいたまま、低い声で母親を慰めている最中だ。

天木がこの父親だったら絶対に誤解する。現に妻の姿を認め一瞬立ち止まった父親は憤怒に顔を真っ赤に染め上げた。

「あの、すみません……！」

天木はとっさに引き留めようと手摺りから離れた。進路を遮って話をしようとするが、父親に乱暴に突き退けられてしまう。

「どけ」

「あっ」

その拍子にまだはめていなかった指輪が手の中から飛び出した。白く塗られた床板の表面を転がり、ウッドデッキの端から川面へと身を投げる。

一瞬の出来事に、天木は指一本動かす事ができなかった。

くるくる回りながら落ちてゆく指輪に反射した光が、天木の目を灼く。

大成のくれた指輪が小さな水音を立てて水の中へと消えてゆく——見えなくなってしまう——。

何もかもが、自分の手をすり抜けて消えていってしまう気がした。

大成も。

指輪も。

二人で積み上げてきた思い出の全てが。

萎えそうな膝に力を込め、天木は手すりに駆け寄った。嘆き悲しんでいる場合ではない。

指輪を、取り戻さなくては。

川縁まで降りるルートを探し左右へと目を走らせる天木の耳に、悲鳴めいた声が飛び込んできた。

「あなた、やめて！　この人はなんでもないの」

「なんでもない訳があるか！　なんだおまえは！　俺の妻と娘に何をしている！」

激高した父親が今にも殴りかかりそうな勢いで大成の胸ぐらを掴んでいる。周囲にいる人々は驚いたように見ているだけで、誰も止めようとしない。肝心の母親も夫の剣幕に呑まれてしまっているようだ。

争う大人たちの傍で、女の子が大きく目を瞠り新しい父親を見上げている。竦んでしまって声も出ないようだ。

――あれは、幼い日の自分だ。

天木は、もう一度川の面へと目を遣った。

指輪を、拾わなくてはならない。

でも。

手摺りを強く握りしめ、天木は震える息を吐いた。それから踵《きびす》を返し、つかつかとウッドデッキの奥へと足を進める。

テーブルに近づくと天木は父親ではなく、女の子の傍にしゃがみこんだ。

「ねえ、君。皆が大きな声を出すから君の可愛いお人形がびっくりしているみたいだ。だっこして慰めてあげてくれないか？」

突然娘に声を掛けた男に、母親もその夫も敵意に満ちた目を向けた。だがおずおずとテーブルの上の人形に手を伸ばした娘が、目の前で何の配慮もなく交わされる刺々しい応酬に脅え涙ぐんでいるのに気づくと、きまり悪そうに目を逸らした。

女の子が人形を抱きしめ、頭を撫で始める。大丈夫よ、と呟く小さな声が聞こえた。だいじょうぶ。めをとじてみみをふさいで。おうたをうたっていれば、いやなことはぜんぶそのあいだにとおりすぎてゆくわ。

涙をいっぱいに溜めた瞳は、瞬きもせず人形を見つめていた。

全身から力が抜けてゆくような感覚を覚え、天木は奥歯を噛みしめる。

おんなじだ。

心が、過去へと戻ってゆく。両親の怒鳴り声に脅え、布団の中で耳を塞いでいた、幼い頃に。たとえ自分に向けられたものでなくても、両親の放つ刺々しい声は、天木にとって恐怖、だった。

「なんのお歌を歌う？」

天木は強ばった笑みを浮かべる。

天木へと目を向けた女の子が、ゆりかごのうた、と呟く。

天木にねだられ歌をうたい始めた女の子の注意を引かないよう、大成が低い声で父親に囁くのが聞こえた。

「五分だけ時間をいただけませんか。そうしたら俺たちは退散します。誤解されたままでは奥様に申し訳ない」

母親は俯き、ハンカチで目元を押さえている。

顰めっ面で頷いた夫を、大成は川を望む手摺りの方へと誘った。

「では、こちらへ」

女の子は新しい父親に背を向け、人形の頭を撫でている。何度も、何度も、何度も、何度も。

天木は風に乱された髪を掻き上げ、デッキの端でぼそぼそと話し合う二人の姿へと目を遣った。風に乗って途切れ途切れに会話が聞こえてくる。

「――そうか。あの男が死んだ――」

「奥様は突然の訃報《ふほう》に驚かれて――そっとして――」

風が徐々に強くなってきていた。

雲一つなかった空は急激に陰りつつある。雲の流れが速い所を見ると、嵐になるのかもしれない。

「――それからどうか、お嬢さんの前で言い争うのはやめてあげてくれませんか」

不意に明瞭に聞こえてきた言葉に、天木は眉を顰めた。

天木も同じ事を思ったが、他人である自分たちが言ったら差し出口でしかない。案の定、夫は声を荒げた。

「そんな事を他人のおまえに言われる筋合いはない！」

大成が殊勝《しゅしょう》に頭を下げる。

「余計な事を言って、申し訳ありません。あなた方が——だと思っている訳ではないのですが、俺は子供の頃の友人の事が、どうしても忘れられなくて」

——え？

天木は女の子が座る椅子の脚を握りしめ、男を凝視した。

「ええ、両親が離婚した友人がいたんです。誰より大人びていてしっかりした人でしたが、両親の争う姿にひどく傷ついていた。ずっと力になってやりたいと思っていたんですが、俺には何もできませんでした。子供心にも、歯がゆかった。大人になった今でも友人にはひどく臆病な所があります。——お嬢さんも随分傷ついた事があるようだ」

夫に何か言われた大成がひどく切ない笑みを浮かべる。

「——俺みたいな若造が生意気な事言って申し訳ありませんが、今はあなただけがあの子の父親です。お伽噺《とぎばなし》に出てくるような素敵な両親の姿を見せればきっと——」

一際強い風に煽られ、天木はよろめいた。気まぐれに向きを変える風が髪を乱し視界を遮る。

「ママ」

ざわざわと木々が揺れる音に不安を掻き立てられたのか、女の子が歌うのを止め、母親に抱きついた。

父親が大成と別れ戻ってこようとしている。天木も立ち上がり、母親に頭を下げた。

「それでは、私はこれで」

「あの……！　ありがとうございました」

何も知らない女の子が、頭を下げる母親を不思議そうに眺めている。

天木は父親にも軽く頭を下げると、先に駐車場へと歩き始めた大成を追った。

大成が肩越しに天木を振り返る。

「行こう。新鮮な魚介類を使った料理を出してくれるイタリアンレストランがあるんだ。自家製のワインがうまい。怜也はワインが好きだったろう？」

ウッドデッキに靴音が響く。

「待ってくれ、大成」

天木は広い背中から目を逸らし、川面を見下ろした。

「まだ俺は帰れない。さっき指輪を落としてしまったんだ――川に」

つられたように川へと目をやり、大成がもう一度天木を見る。

白く色の抜けた指からリングが消えている事に気がついた途端、大成の顔色が変わった。

「もしかして大成からもらった指輪か？」

「ああ。外して眺めていて、あの父親にぶつかってしまって――」

いきなり大成が肩を揺するようにしてコートを脱ぎ始めた。

「大成？」

ぐいとコートを押しつけられ、天木は戸惑う。

「持ってろ。おまえはここから、どこに落ちたか教えてくれ」

「待て、大成！」

天木が声を上げた時にはもう大成は階段を下り始めていた。駐車場まで下れば川までそう落差はない。遠くに見える階段まで回り込む事を嫌い、大成は玉石とコンクリートで平らに固められた川岸へと飛び降りる。

「どのあたりだ」

天木は、迷った。

この寒いのに、他人に水中の落とし物を捜させるなんて酷い。だが大成の提案は理に適っていた。川岸に降りてしまってはきっと指輪を落とした場所が何処《どこ》なのかわからなくなる。闇雲《やみくも》に探しても時間の無駄だ。

それにあの指輪はどうしてもなくしたくない。

天木は少し下がり、指輪が落ちた時の状況を頭の中で再現した。左右を見渡して、慎重に検討して——大まかな場所を指し示す。

「その辺だと思う」

大成が袖を捲り上げた。川岸に膝を突き、水の中に手を突っ込む。

川は浅いように見えたが、それでは底まで届かなかったらしい、大成は川岸に手を突くと、躊躇《ちゅうちょ》なく川の中に下りた。

「よせ、大成！」

冷たい飛沫《しぶき》が飛ぶ。膝まで川の中に浸かり川底に立った大成がわずかに眉を顰めた。

季節は三月、気温は低く、川の水はきっともっと冷たい。そんな中大成が身を屈め、川底を探り始める。

「おい。そんな事までしなくていい！」

階段に向かおうとした天木に、大成がぴしゃりと言った。

「動くな、怜也。そこで考えろ。どこを探せば見つかるのか。——大事な指輪なんだろう？」

そうだ、大事な指輪だ。

だがおまえがくれたものじゃない。

「怜也、このあたりで間違いないのか？」

「あ——ああ、川岸を転がって勢いをなくしてから落ちたから、遠い場所までは行ってないと思う。もしかしたら少し流されて海に近づいたかも」

ぽつぽつと水面に無数の輪が生まれ始めた。

まだ日が照っていて明るいのに、冷たい雨が落ちてくる。

川底には水草が生えていて、ちっぽけな指輪を探すのは難しい。

もう、いい。

先刻までどうしても取り戻したいと思っていた気持ちが急速に萎んでいく。

贖罪《しょくざい》のつもりなんだろうか。大成は諦める様子もなく冷たい水の中、黙々と指輪を探している。

確かにこの男は大成のふりをしたとんでもない悪党だ。事実を知った時にはどうしてくれようかと天木も思ったが、こんなのは見ていられない。

天木は階段を駆け下りた。大成を真似、駐車場から川岸に飛び降りる。コートを抱えて駆け寄った所で、大成が屈めていた躯を伸ばした。

「これか」

手の上に、藻《も》をまとわりつかせた指輪が載っていた。

震える指で受け取った指輪は氷のように冷たい。

指先で軽く拭って眺めた指輪の内側には確かに天木と大成のイニシャルが刻まれていた。

「これだ――」

天木はまたなくしてしまわないうちにと指輪を指にはめた。大成がじゃばじゃばと水音を立てながら川岸に上がってくる。

あまりにも寒々しい姿に胸が詰まった。

袖口をめくった事に意味なんてなかった。凹凸《おうとつ》のある川底を探っている間にシャツもジャケットも水に浸かってしまっている。濡れそぼったズボンからは水が滴り落ち、玉石の上に雨が描いた水玉模様を塗り潰していった。シャープなラインの高価そうな革靴も駄目になってしまったに違いない。

だが大成は何も言わない。やるべき仕事を終えただけ、そんな当たり前の顔をして、捲り上げていた袖を悠然と伸ばし始める。

「なんで、だ」

「うん？」

徐々に勢いを増しつつある雨が天木の眼鏡を曇らせた。大成の髪の先から落ちた滴が青ざめた頬を叩く。

「なんで、ここまでしてくれるんだ？　おまえは大成じゃないのに——」

天木の言葉に、大成は小さく微笑んだ。

「そうだな。でも大成があげたなら、その指輪は俺にとっても大切なものだから」

なんて切ない笑みを見せるのだろう。

「ごめん……」

天木は指輪のはまった指を握り込み、俯いた。

この男は、酷い男の筈だった。

当然だ。この男は大成だと己を偽ったのだ。おまけに天木を騙して抱きもした。

だが今、天木の中には迷いが生まれていた。

演技なんかじゃない。恩着せがましいパフォーマンスでもない。

この男は本当に大成と天木の為に指輪を捜してくれたのだ。

でもそんな事、知りたくなかった。

己の迂闊《うかつ》さを、天木は心から悔いる。

指輪を外したりしなければ、よかった。そうすればこの男にこんな事をさせずに済んだ。

酷い男だと思っていられたのに。

「ごめん、大成。本当にごめん」

申し訳ない気持ちが怒りを凌駕《りょうが》する。天木にはもう、この男にどう対峙《たいじ》したらいいのかわからない。

雨の中立ち竦む天木の肩を、大成に似た男が抱く。

「指輪が見つかって、よかった。さあ行こう。イタリアンレストランはまた今度になってしまうが――」

「待て、大成」

駐車場の方へと歩き始めた大成を、天木がまた制止した。足を止めた大成が、いたずらっぽく片方の眉だけあげて天木を振り返る。

「なんだ、他にも落とし物があるのか？」

「そうじゃない。そのまま帰ったら、風邪を引く」

車でここに来るまで、それなりの時間がかかった。それだけの時間濡れた服のままでいていい訳がない。

カフェは夏になると海水浴客で賑わうビーチから道一本隔てた場所にある。見回しただけでも民宿やペンション、ホテルの看板が目に入った。

天木は一番近くにあったホテルへと遠慮する大成を引きずっていった。客のいないロビーには人影がなかったが、カウンターに設置されたベルを押すと従業員が現れた。天木が事情を話すと、快く部屋へと案内してくれる。夏には水着姿の客が出入りする施設なので、ぽたぽた滴を滴らせている大成に気の毒そうな顔はしても迷惑がる様子はない。

大成をバスルームに押し込むと、天木は財布を持って部屋を出た。フロントで衣料品を売っている店の場所を教えてもらう。

ダッフルコートのフードを被りホテルを出ると、天木は雨に打たれながら海縁《うみべり》の道を歩きだした。横目に灰色の海を眺めながら、携帯を取り出す。片手で履歴を呼び出し、電話を掛ける。

繋がらないかと思ったが、二回目のコールで相手が出た。

『――――はい』

「おばさん？」

天木が電話を掛けた先は大成の家だった。母親が出てくれた事に胸を撫で下ろすと同時に、天木はまた彼女の心を乱してしまう事を申し訳なく思う。だがこれ以上先送りにする訳にはいかない。

『怜也くん？　あの、昨日はごめんなさいね、取り乱してしまって』

母親の声には力がなかったが、昨日よりは落ち着いているようだった。

「いえ、俺もいきなり押し掛けたりしてすみませんでした」

『病院で目覚めたあなたが勘違いをしている事には気が付いていたし、言わずに済ませられる訳はないってわかっていたんだけど、どうしてもできなかったの。あの子がし——死んだ——って——言葉にする事が——』

電話の向こうの声が上擦り、震える。

天木は電話を耳に押し当てたまま、眠ったような町には似合わない真新しいショップに入った。

『認めたくなかったのね。あの子がもういないって事を』

入り口で一旦立ち止まると、天木は店内を見回した。ニット類が並ぶ棚に近づき、目を走らせる。片手では買い物しにくいので天木はまず電話を肩に挟んだまま厚手のカーディガンを選び出しレジへと運んだ。カウンターの端に置かせてもらい、シャツを選びに行く。

『怜也くんが大成と間違えたひと？　今面倒を見てもらっているんでしょう？　なのにまだ誰か知らなかったの？　——そう。あの子もつらくて大成の事を言えなかったのね、きっと。——ええ、怜也くんを連れて帰った事は知っていたわ。私もそうした方がいいと思って賛成したの。様子のおかしいあなたを一人にするのは心配だったし、子どもの頃はとても仲が良かったから問題ないと思って。あの子も今は一人暮らしで何の気兼ねもいらないって言っていたから』

シャツとチープなズック靴、それからゆったりとしたサイズのワークパンツを選び出し一緒に会計を済ませると、天木はすぐ使うからとタグを切ってもらった。紙袋にビニールをかけてもらい、無事な方の肩に掛けて店を出る。

ガードレールを隔てた向こう側では、色褪せた海が逆巻いていた。雨はまだ降っているが、雲が切れ陽が射した所だけ海面が明るく照らし出され、きらきら煌《きら》めいている。

『青馬くんよ。あなたが大成だと思っていたのは、木乃《きの》青馬くん』

天木はつと足を止め、きつく目を閉じた。脳裏にひどく真剣な顔をした青年の姿が浮かんでくる。

大成の従兄弟。三つ年下の、おとなしい弟分。もう一人の幼馴染み。

――あのさ、もう無理して僕を誘わなくていいよ。

青馬と最後に会ったのは、大学生の時だった。

その時まで幼馴染み三人組は暇さえあればつるんでいた。高校三年生の時天木の両親が離婚してからは夏のキャンプにも三人で出掛けた。当然その年も一緒に行くつもりだったのだが、青馬にはキャンプに行く気がないようだった。

——二人で行って来ればいい。僕がいたら、お邪魔でしょう？

この時大成はいなかった。天木は動揺を押し隠し、どういう意味だと尋ねた。

天木は既に大成と付き合っていたが、青馬の前では隠し通してきたつもりだった。

大成と同じ仕草で首を傾け、青馬が困ったように笑う。

——付き合っているんでしょう？　怜也兄とタイ兄。見ればわかるよ。バレバレだもん。

天木は狼狽した。神経質に眼鏡の位置を直し、誤魔化《ごまか》そうか認めてしまおうか、悩む。

ゲイだという事でこの青年に嫌われるのは厭だった。天木にとって彼もまた、大成とは少し種類は違うが大事な存在だったのだ。

——そんな顔しないで。別に怜也兄とタイ兄が厭になった訳じゃない。むしろ、逆。好きだから、つらいんだ。

まだ理解できず、天木はどことなく幼さを残した青年の顔を凝視する。

——俺も怜也兄が好きなんだ。タイ兄と同じように。

——怜也兄もタイ兄も好きだけど、もう、耐えられない。

——二人が仲良くしているのを見ていると、淋しいんだ。

伏し目がちにぽつりぽつりと語る青馬は切なげだった。青馬がそんな風に思っていた事に全く気付けずにいた天木は、呆然とする。

――だから、お願い。もう僕を誘わないで。

思い返してみれば、青馬は天木が両親の喧嘩から逃げ萩生田家を訪ねる度、真っ先に玄関に駆けつけ扉を開けてくれた。大人しく、あまり言葉数は多くなかったが、いつも心配そうに天木を見つめていた。

あれは好きだったからなのか――？

青馬がにこりと硬い笑みを浮かべ、隣の椅子に置いてあったメッセンジャーバッグを取る。そのまま振り返りもせず天木から遠ざかってゆく。

それきり天木は青馬と会っていない。気まずかったし、青馬の気持ちを考えると自分から連絡を取るのも躊躇われた。それに青馬からもメール一本来なかった。何も知らない大成は従兄弟という事もあり時折会っていたようだが、三人で会おうと誘うとなんだかんだと理由をつけて断られてしまうと言っていた。

顔が違うから疑いもしていなかったが、青馬ならつじつまが合う。青馬は天木を好きだったし、好みも幼い頃の事も知っている。

青馬が大成に成り代わっていたのか――？

ばしゃんと水を跳ね飛ばし、車が通りすぎてゆく。濡れてしまったズボンを見下ろし、天木はまたのろのろと足を進めた。

部屋に戻ると、タオルを腰に巻き付けた大成がドライヤーを使っていた。従業員が入れていってくれた暖房のおかげで、裸でいても寒さを感じない程室内はあたたかくなっている。

「ただいま、青馬」

何げなくそう声をかけて抱えてきた荷物をベッドに置くと、青馬がドライヤーのスイッチを切った。

「ん。ああ、靴まで買ってきてくれたのか。悪いな」

『青馬』という呼び掛けに何ら違和感を感じていないようだ。シャツを広げ、袖を通し始める。だが途中でその動きが、ふ、と止まった。大成とまるで同じ顔が天木へと向けられる。

「怜也、今——何て俺を呼んだ?」

首を傾げる仕草に、天木は目眩を感じた。

大成と、まるで同じだ。だがそれは当たり前だった。青馬は大成と一緒に育ったも同然で、ふとした仕草や話す時のイントネーション、言葉の選び方などが驚く程似通っていた。初見の相手にはいつも本当の兄弟だと思われる程に。

「青馬だ。青馬なんだろう、おまえ」

正体がわかっても、天木には目の前の男が大成にしか見えなかった。まだ雫を滴らせている少し色の抜けた髪も、ゆっくりあたたまったのだろう、血色のよくなった均整のとれた体躯も、野性味のある顔立ちも。

「何故おまえが大成と同じ顔をしている。整形、したのか?」

謎が端から解れてゆく。

天木は答えを見つけたのだと思った。青馬の顔立ちは同じ血を引いているだけあってどことなく大成に似た所はあったが、言われればそうと気づく程度でそっくりだった訳ではない。

青馬はきっと整形手術を受けたのだ。

——馬鹿げている。なんで大成と同じ顔になろうなんて思ったんだ——?

だが青馬は首を振った。

「いいや。俺はタイ兄とは全く似ていない。俺をタイ兄と間違えるのは、怜也兄だけだ」

理解できず、天木は眉を顰めた。

「どういう——意味だ」

「怜也兄、よく聞いて。怜也兄は事故の後遺症のせいで人の顔の判別ができなくなっている」

――――は？

天木は青馬の顔を見返した。

「何を言っている。そんな事があるわけないだろう。ちゃんとおまえの顔が見えているし――」

「だが全く別の人物を上司と見間違えた。そっくりな人間がたまたま約束の場所に来るなんて、そんな偶然がある訳がないと怜也兄も思ったんだろう？　それに怜也兄には今も俺がタイ兄に見えている。髪型だって違うのに」

天木は青馬の髪を見つめた。

今こいつは、どんな髪型をしている――？

見て取るのは簡単な筈だった。

だが天木は――目眩を覚えた。

大成は癖の強い髪を少し長めに伸ばし無造作に流していた。だが目の前の男の髪には癖がないように見える。

「怜也兄は多分、事故で頭を打った際、脳のどこかに損傷を受けたんだと思う。専門家でさえ見逃してしまうような微細な傷を」

「検査の結果は問題なかったと聞いている。躯もちゃんと動いたし、吐き気も頭痛も――

少ししかなかった」

「ああ。だが脳の場合、画像所見と実際の症状は必ずしも一致しない」

明晰《めいせき》に言葉を紡《つむ》ぐ青馬に、天木は胃が浮き上がるような恐怖を覚え始める。でっちあげだったらこう自信を持って話せるものではない。この男には確信があるのだ。

「だが人の見分けがつかなくなるなんて話は聞いた事がないぞ」

「そうだな。失語症や記憶障害が有名だ。だが相貌失認《そうぼうしつにん》という障害もある」

「なんだそれは」

「人の顔っていうのは、目や口や鼻といった様々なパーツの組み合わせで成り立っているだろう？　人はその配置とかバランスとか、いろんな要素を総合して相手が誰か識別する。だが何らかの理由でその複雑な情報処理をする能力が失われてしまう事がある。つまり、顔の見分けがつかなくなってしまうんだ」

そんな事が本当にあるのだろうか。

「普通は人の顔が覚えられなくなるから異常に気付くんだが、どういう訳か怜也兄は無意識に似たような顔のパーツや背格好を持つ人の記憶を引っ張り出して帳尻を合わせてしまっているんじゃないかと思う。もしかしたら、精神的なものが影響しているのかもしれない」

天木はベッドにすとんと腰を下ろした。

信じ、られなかった。

だが青馬の態度には説得力があった。少なくとも青馬はこれが真実だと信じている。

「何故今まで教えなかった」

「言ったらわかってしまうだろう？　俺がタイ兄ではないって事が。そうしたら本物のタイ兄がどうなったのか、隠しおおせない」

シャツに袖を通しただけという寒々しい姿で青馬は天木を見下ろす。剥き出しの胸を、拭いきれなかった雫が伝い落ちてゆく。

「だから大成のふりをしたのか？　何を考えているんだ、おまえは。大成に成り代わって私と付き合って、――私を騙して、それで満足なのか!?」

そんなのは、間違っている。

だが青馬は平然としていた。動揺する天木に柔らかな声音で語りかける。

「俺が満足するとかしないとか、そんなのは問題じゃないんだよ。大事なのは、怜也兄が大丈夫か大丈夫じゃないかだ。――怜也兄は、タイ兄がいないと駄目だから」

――何？

天木は愕然《がくぜん》とした。

「そんな事がある訳ないだろう」

震える声で間違った認識を正そうとするが、青馬の双眸《そうぼう》は揺るがない。

「病院で一度目を覚ました時の事を、覚えているか？」

「大成のおばさんがいて、おまえが来た時の事か？」

「いや、その前だ」

青馬は胸の前で腕を組み、ライティングデスクにゆったりと寄りかかった。

強い眼差しに射竦められ、天木は動けない。

「あの病室に移動する前、怜也兄は一回目覚めているんだ。タイ兄はどうなったのかと聞かれたから教えたら――」

天木は取り乱したりはしなかった。

ただ一筋、目尻からつうと涙を零した。

黒い瞳が見る間に生気を失う。無機質で虚ろな様は、まるで人形の目にはめ込まれている硝子玉のようだ。

その場にいた誰もが天木にかける言葉を失い、沈黙した。

ゆっくりと青白い瞼が閉じられる。そしてもう、誰が呼びかけても天木は目を開けなかった。

「——怖くて頭がおかしくなりそうだったよ。このまま二度と目覚めてくれないんじゃないかと思った。実際あの後、大した怪我もないのに怜也兄は半日も意識が戻らなくて、再び目が覚めた時にはタイ兄が死んだ事を忘れて俺をタイ兄と呼んだ」

天木は、瞠目する。

そんな記憶は天木の中にはない。

「最初俺は、怜也兄が哀しみのあまりおかしくなってしまったんだと思った。だから俺はタイ兄になる事にしたんだ。またタイ兄の死を伝えたら、今度こそ怜也兄がどうなるかわからないと思って。おばさんも同じ意見で、医師や警察に安易《あんい》に怜也兄を刺激しないよう、伝えてくれた。後で障害のせいだったんだとわかったけれど、怜也兄がタイ兄の死を忘れ去ってしまった事には変わりない。本当の事など教えられなかった」

——そんな事は、知らない。

では青馬は自分の為に大成を演じていたのだろうか。

いやでも——待てよ。

「好きだと言ったのもその為か?」

抱いたのも、大成の生存を疑わせないため?

天木が問うと、青馬は苦しそうに顔を歪めた。

「いいやそれは違う。それはタイ兄として言ったんじゃない。——俺だ」

「何？」

青馬は挑むように天木を見つめた。その目の中に揺れる切ない熱情に、天木は怯《ひる》む。

「俺自身が怜也兄を好きで好きでたまらなくて、どうしても気持ちを抑えられなくなってしまったから、言ったんだ」

ざあ、と窓硝子を雨が叩く音が聞こえた。

天木は呆然と青馬を見つめた。

かつて青馬は天木に好きだと言った。だがそれはもう何年も前の話で、天木はさすがにもう青馬も同じ気持ちでいる訳がないと思っていた。

だが青馬の目はあの時と同じだった。

「俺はずっと怜也兄が好きだった。でも怜也兄が見ているのはタイ兄だけ。俺も怜也兄が哀しい思いをしているのを知っていたし、力になりたいと思っていたけれど、怜也兄はタイ兄しか頼ろうとしない。ああ、別にひがむつもりはないんだ。俺は年下で、どっちかっていうとあんたたちに守られる側だったし、タイ兄は優しかったから」

初めて青馬に会った日の事を、天木は思い出す。

インターホンに呼ばれ扉を開けると、大成が立っていた。その後ろに誰かが隠れている。

天木が大成の後ろを覗き込むと、泣きそうな顔をした青馬がいた。

多分まだ青馬が四、五歳の時分の事だ。

大成は青馬を後ろから引っ張り出し、天木に向けて押し出した。

——こいつ、青馬。俺の弟だ。今日からこいつも一緒に遊ぶ。

大成に弟がいるなんて聞いた事がないと思いながら、天木は涙目の子供に手を差し出した。

——ふうん、青馬か。何して遊ぶ?

青馬は今にも零れ落ちそうな程大きな瞳を見開いた。仲間に入れてもらえるだなんて思ってもいなかったようだった。

青馬は借りてきた猫のように大人しい子供であまりしゃべらず、いつも本当に自分はここにいていいのだろうかと迷っている風だった。そんな青馬の手を引っ張り大成はあちこち連れまわした。

慣れてくると青馬は、入院している母親の話をするようになった。父親がいない事も関係していたのだろう、青馬は狂おしい程母親を慕《した》っていた。

天木は青馬のたどたどしい話を、延々と聞いてやった。興味があったからだ。普通の家族っていうのは、どんなものなのか。

「タイ兄はほとんど居候《いそうろう》みたいにあの家に居着いていた俺にも本当によくしてくれた。弟みたいに面倒を見て、母の病状が悪化した時は傍にいてくれた。だから――あんたちが幸せになれるんなら、俺はいいって思ってたんだ……！」

やるせない横顔を天木に見せ、青馬は胸を喘がせる。

「なのにタイ兄は死んでしまった。俺は最初、純粋に怜也兄のためタイ兄のふりだけするつもりだった。でも、怜也兄が俺をタイ兄だと思って甘えてくれる度、本当にタイ兄と成り代わりたいと思うようになっていった……」

引き締まった腕に腱《けん》が浮かび上がる。

青馬は激情を抑え込もうとするかのように、きつく自分の腕を掴んでいた。その手が細かく震えている。

「二人で指輪を交換したと聞いた時には、血が逆流する程嫉妬《しっと》したよ。怜也兄が欲しくて欲しくてたまらなくて――俺はおかしくなってしまったんだ。タイ兄の事も好きだったのに、己を抑えられなかった。タイ兄に、なりたかった。偽りでもいい、怜也兄の恋人になりたかった……！」

青馬はデスクに寄りかかったまま、前のめりに躯を折った。前髪で顔を隠していても、青馬がひどく苦しんでいるのは明らかだった。

ただ天木を弄び楽しんだ訳ではなかったのだ。

罪悪感に駆られながらも天木への気持ちを抑えられなかった。それが、真実。

「ごめん。こんなの間違っているって、わかってる。怜也兄が怒るのも当然だ。謝って済む事じゃないが――本当に、ごめん」

憑《つ》かれたように謝罪を繰り返す青馬を、天木はただ黙って見つめた。

謝ったからと言って許せる事ではない。だが天木の胸にはもう、昨日程の怒りは湧いてこなかった。

「服を着ろ。折角《せっかく》風呂を使ってあったまったのに、風邪を引く」

天木はベッドの上に置かれたままになっていたカーディガンを取って青馬の肩にかけた。

「怜也兄、怒ったのか？　俺にあきれた？」

はぐらかす気だと思ったのか、青馬が天木を見つめる。縋るような眼差しにはどこかどきりとさせられるような不安な色があった。天木より長身で体格もいいのに、怜也兄と呼ぶ声には甘えた響きがある。

天木はタオルを取ると、まだ濡れている青馬の髪を片手で不器用に拭いてやった。

「ノーコメントだ。今はあんまりにも突然すぎて、何をどう考えたらいいのかわからない。ただちゃんと事実を教えてくれればよかったのにとは思う。おまえだって厭だろう？　私にずっと違う名前で呼ばれ続けるのは」

青馬の視線が揺れた。

「俺は、別に……平気だ。怜也兄さえ無事でいてくれれば、いいんだ」

ぽたりと髪の先から滴が落ちる。

「青馬。別に大成が死んだからといって私は壊れやしない」

青馬は早口に断じた。

「そんなのは信じない。怜也兄が毎晩のようにタイ兄のベッドに忍んで来た事を俺はよく覚えている。怜也兄はタイ兄が傍にいなければ、今にも折れそうだった」

天木は目を眇めた。

遠い、遠い昔の話だ。

――パパもママも、僕が邪魔なんだ。

確かにあの頃天木は、大成の『好き』という言葉に支えられていた。大成の部屋という逃げ場があったからこそ、天木は居心地の悪い両親の元でなんとかやってゆく事ができた。

だが成長するにつれ鮮烈だった痛みも色を失い、ただの厭な記憶と成り果てる。天木とていつまでも傷つきやすい子供のままではないのだ。だが青馬の中の天木はいまだ無力な存在のままだったらしい。

「それに、ねえ、怜也兄。本当は覚えているんじゃないのか？　目覚めた時の事。覚えていたからこそ、俺をタイ兄だと思いこんだんじゃないのか？　タイ兄の死を認めたくなくて――」

「違う」

反射的に否定したものの、天木には確信がなかった。

変だとは思っていたのだ。だが天木の思考はそこで止まってしまった。別人のようだとは思っても、別人かもしれないとは思えなかった。

「いいんだ、怜也兄。それなら俺は一生タイ兄と呼ばれても構わないんだ。あんたが望む事なら俺は何だってする。だからお願いだ。――これからも傍にいさせてくれ」

青馬が天木の腕を捕まえ、手首の内側に唇を押し当てる。

強い執着を匂わせる仕草に、天木は眉を顰めた。すぐさま撥ね退けるべきなのだろうが、青馬の唇の感触は決して厭なものではなく――天木は小さな溜息をつく。

「バカ。ノーコメントだって言っただろう。触るのも禁止だ。私は先に車に戻っているからな。さっさと支度をして来い」

そっと青馬の手を外させると、天木はデスクの端に載っていたキーを手に取った。

「待っていてくれないのか、怜也兄」

青馬の声を無視して廊下に逃げる。ロビーを通り抜け外に出た途端、冷たい外気に晒され天木は小さく息を呑んだ。

大成の死。違和感の正体。自身の障害。これから青馬とどう向き合ってゆくべきなのか。考えるべき事が多すぎて、頭が破裂しそうだ。

＋　＋　＋

翌日、天木は久しぶりに生まれ育った団地で朝を迎えた。

青馬は心配だからもうしばらく家にいて欲しいと懇願したが、天木には一人で考える時間が必要だった。

様々な事が明らかになったが、何もかもが急すぎて天木には飲み込めなかった。よく理解できない所もある。まるで難解な映画を見た後のような気分だ。

不可解な事故の後遺症に、恋人に成り代わっていた年下の幼馴染み。

どれも現実離れしていて、とても本当に自分の身に起きている事とは思えない。

一晩ベッドで転々としていた天木は早々に起きあがるとシャワーを浴び、不器用にワイシャツとスーツを身につけた。

申請した有休は昨日まで。今日から出勤する予定になっている。

幸い腫れは落ち着いたし、無理な動きをしなければ痛みはない。右手を使えないのはキツいが、他に問題はない。なんとかなるだろうと思いながら天木はネクタイと格闘する。

会社の近くのカフェで朝食を取ってから出社すると、同僚たちが集まってきた。

「おはようございます！」

「よかったあ。出勤されるのを心待ちにしていたんですよ、天木先輩！　包帯してますけど、もう大丈夫なんですか？」

自分の席を見た天木は憂鬱《ゆううつ》な溜息をついた。事務の女子がしてくれたのだろう、机の上に書類籠《かご》が置いてあった。ご丁寧に『天木さんは怪我で木曜日までお休みです』というメモが添えられた籠の中には、休んでいる間に回ってきた稟議書《りんぎしょ》やら回覧《かいらん》やら電話メモやら報告書やらが雑然と積まれている。

「ああ。急に休みをもらってしまってすまなかった。不在の間、何も変わった事はなかったか、山村《やまむら》」

妙な間が空いた。問いかけられた山村はきょとんとしている。

「山村？」

「え。やだな先輩、休みの間に俺の事忘れちゃったんですか。俺は佐藤《さとう》。山村はほら、あっちにいます」

天木は瞬いた。

間違える訳がなかった。山村は新人として入ってから一年間、天木が指導役としてみっちり面倒をみてやったのだ。

まじまじと山村を見つめてから天木は指された先へと目を遣った。数人の男性社員が談笑している、その中にも山村がいた。

天木はいきなり目の前の男に向き直ると、首から下がったＩＤカードを掴んだ。写真の横に記されている名前は確かに佐藤となっている。

だが天木には山村にしか見えない。

「いきなりなんなんですか、先輩」

「……佐藤、あそこにいる面々、左から順に名前を言ってみろ」

「はい？　なんかのゲームですか？　えーと、左から、野上《のがみ》さんでしょ、――」

天木は愕然とした。半分も当たっていない。

からかわれているのかとも思ったが、困ったように眉尻を下げている佐藤に嘘をついている様子はなかった。

天木は隣で話を聞いていた別の同僚に確認する。

「今の聞いていたよな。あっているのか」

「あっていますよ。なんでですか」

あっている？

天木は椅子を引き、へたりと座り込んだ。ぐるりと周囲を見回し、見知った顔を眺める。

意識して見れば見るほど、何もかもがあやふやになってゆく。

目の前にいるのは、一体誰だ――？

「天木先輩？」

青馬の言葉を天木はどこかで信じていなかった。

いきなりおまえは人の見分けがついていないなんて言われて、はいそうですかと納得できる訳がない。天木の目には世界は何の齟齬《そご》もないように見えるのだ。何かの間違いだと思いたかった。

だが青馬以外の人間に指摘された事によって、現実が奔流《ほんりゅう》のように天木の中へと流れ込んでこようとしていた。

どうやら本当に自分には、人の判別ができなくなってしまっているらしい。

この一事を受け入れさえすれば、最近経験した全ての奇妙な出来事の説明がつく。

双子のようにそっくりの園児などいなかった。

人形を天木に託した男は上司になど似ていない。

そして青馬も天木をだましてなどいなかった。勝手に天木が大成だと思いこんだだけだ。

自分に恋心を抱く青馬の葛藤も知らず、誘惑したのは天木だ。

そして大成は。

がたん、と大きな音を立て、大成は席を立った。

「天木先輩、どうしたんですか？　もう朝礼始まりますよ」

佐藤の声を無視し、天木は朝礼の為集まり始めた同僚たちを掻き分け廊下に抜ける。

走ってトイレに入り個室に鍵をかけると、天木は大きく胸を波打たせた。

現実が生々しい色を具《そな》え天木に迫ってくる。

——大成はもう、いない。

わかっていたつもりだった。天木はもう事故の記憶を取り戻している。

だが不思議な事だらけな日々の中では、何もかもがどこか夢物語のように感じられた。

大成の死にも何かカラクリがあっておかしくないような気がしていたのだ。

しかし今、全てはクリアになってしまった。もう大どんでん返しはない。

大成は、死んだ。あの事故の時に。

もう二度と会えない。

様々なイメージが頭の中で交錯《こうさく》し、天木は片手で口元を押さえる。

萩生田家の仏壇に飾られた写真の中で、大成は笑っていた。言えなかったのだと訴える大成の母親の声が耳の奥で反響する。タイ兄は死んだと青馬も声を震わせ言っていた。

――大成――。

突き上げてくる哀しみに、目の奥がじんと熱を発する。

大成は天木にとって唯一の恋人で、親友で、家族で、半身と言ってもいい存在だった。

いろんな初めてを二人で経験した。これからもずっと一緒にいるつもりだった。

それなのに全ては思い出と化し、きらきらと煌めきながら遠ざかってゆく。

朝礼の声がかすかに聞こえてくるトイレの中、天木は声を殺して泣いた。泣きに泣いて――もう二度と会えない恋人を悼《いた》んだ。


溜まっていた雑務を片づけ会社を出ると、もう夜も遅くなっていた。

天木は混雑した電車に乗り込み、吊革に縋る。ガラス窓には押し合いへし合いする自分たちの姿が映っている。

天木はまだ赤い目元を見て、苦笑した。

朝、トイレでひとしきり泣いた天木は、落ち着くのを待ってオフィスに戻った。既に席につき忙しく電話対応をしていた上司が、天木が戻ってきたのに気がつき目元を緩める。

復帰した事を喜んでくれているのだろう。だが天木はとても喜べるような状態ではなかった。

電話を切った上司が天木に目配せして席を立つ。

「ちょっとミーティングしよう。酷い顔色だが、大丈夫か」

「はい。突然何日もお休みをいただいてしまって、ご迷惑をおかけしました」

がらんとしたミーティングルームに連れて行かれたのは好都合だった。天木はあらいざらい上司に報告した。

まるで人の顔の判別ができなくなってしまった事。相手を間違えてしまっても全く気づけない事。

こんな状態では仕事にも支障がでる。クビになるかもしれないとは思ったが、隠していてとんでもない事態を引き起こしてしまう事の方が恐ろしい。

上司はすぐには結論を出さず、しばらく考えさせてくれと言った。

一週間ぶりに会った同僚たちは何も知らず、天木の復帰を喜んでくれた。いつものように誘い合ってランチに出かけ、他愛《たわい》のないおしゃべりをして、天木はようやく現実に戻って来られた気がした。

休養は終わったのだ。

天木は現実と向き合わなければならない。

かととん、かととんと規則正しい音を立て、電車は海に面した街へと向かってゆく。車内放送が目的の駅への到着を告げると、天木は深く息を吸い込み、星を冠《かん》したホームに降り立った。

青馬にはあらかじめメールで連絡を入れていた。昼に一回、会社を出た時に一回。話をしたい、夜家を訪ねてもいいかという問いに、青馬は待っているとだけ返してきた。

人波に混じり、天木は改札へと流れてゆく。その途中、正面のガードレールに男が一人寄りかかっているのに気が付いた。

吐く息が白い。寒いのだろう。腹を抱えるように両腕を組み、背中を丸めている。額にかかる茶色がかった髪が濡れたような艶を放っていた。端正に整った顔立ちには見覚えがある。

男は天木が改札から出てきた事に気がつくと薄い笑みを浮かべた。シニカルな表情の底に内気そうな子どもの面影《おもかげ》を見いだし、天木は瞠目する。

「青馬……？」

「おかえり」

男が大成とまるで同じ仕草で首を傾ける。天木は思わず、男の頬へと手を伸ばした。

最後に会った時より身長が伸びているようだった。線の細さは消え、しっかりとした大人の男性の骨格になっている。

大成は精悍な風貌で、男っぽいおおらかさが魅力だったのに、青馬の顔立ちは繊細《せんさい》だった。髪も素直で、大成のような癖がない。

だが茶色がかった髪の色味は大成と同じだった。

天木は滑らかな頬の稜線《りょうせん》を掌でなぞる。

「おまえ、こんな顔していたんだな……」

呆けたような呟きに、青馬が気づいた。

「もしかして、今の俺はタイ兄に見えていない？」

「ああ。しばらく見ないうちに随分立派になったな」

いつも後ろをついて回っていた可愛い弟分の変貌ぶりに、天木は衝撃を受けざるをえなかった。青馬は知らない間に大成と比べても何ら遜色《そんしょく》のない落ち着いた男へと成長していた。

天木の言葉に、青馬は大人びた苦笑を浮かべる。

「立派って……俺、怜也兄と三歳しか違わないんだぞ」

二人は肩を並べて歩き出す。駅を離れるとぽつりぽつりとしか街灯が立っていない夜道は暗い。

「出勤してようやく理解できた。自分が本当に人の顔を見分けられなくなってしまっているって事が」

ちりりと鈴を鳴らし白い猫が、弱い光の中を横切ってゆく。翠《みどり》の瞳がサーチライトのように光って消えた。

「青馬は大成の通夜には行ったのか？」

青馬は心配そうに天木の横顔を見つめる。

「……ああ」

数日前の朝を思い出し、天木は一人頷いた。

「あのスーツはクリーニングに出す為じゃなかったって訳か」

黒いスーツバッグの中身は見えなかった。おそらく喪服が入っていたのだろう。

青馬が言いにくそうに切り出す。

「怜也兄、あの夜、何があったんだ？　タイ兄の誕生日だったんだろう？　酒が入っていたのか？」

「いや」

すでに大成とのやりとりについてはほぼ思い出せるようになっていた。

だが記憶を取り戻したところで、何の意味もない。あの日の大成の行動は不可解の一言に尽きた。

「ただ、別れ話を切り出された」

「どうして」

青馬が意外そうな声をあげる。

「わからない。どうしてかもっと聞いておけばよかった」

「そう……か。すまない、厭な事を聞いて」

オレンジ色の門灯が天木を照らし出す。

青馬が門扉の掛け金を外し、庭を貫く小道へと踏み込んだ。

「会社からまっすぐ来たなら食事はまだなんだろう？」

「気を使うな。まだ終電もあるし、コンビニで残っている荷物を宅配に出したら帰る」

これ以上青馬の世話になってはいけないと思っていたのだが、天木の言葉を聞いた途端青馬は切なげに眉根を寄せた。

「もう夜も遅い。これから帰るのは大変だろう？　明日車で送っていくから、今夜はうちに泊まるといい」

「オオカミがいるとわかっている家に泊まれるか」

「いい子で我慢するよ。だから、お願いだ。いいだろう？　怜也兄がくると思って夕食も酒も用意したんだ。積もる話もしたい」

青馬の声は蜜のように甘かった。玄関の鍵を外しながら肩越しに天木を流し見る。有無を言わさず腰に手を回され連れ込まれたリビングには、ワインクーラーが置かれていた。赤と白が一本ずつ入っている。

テーブルの真ん中にでんと置かれているのは各種のサラミやハム・チーズが綺麗に並べられたおつまみセットだ。近所にある有名な店から急いで買ってきたらしい。オリーブの瓶詰めも、レバーペーストを添えたクラッカーもある。

「ワインが苦手なら冷蔵庫にビールも日本酒も冷やしてある。気に入ったのがなければ、車でひとっ走り行って買ってくるから言ってくれ」

「いやそこまでしなくていい……」

天木は観念し、ソファに座った。ワインの白を選ぶと、青馬が手際よく栓を抜き、グラスに注ぐ。

なんとなくお疲れさまという言葉と共にグラスを掲げる。よく冷えたワインは軽い口当たりで香りもいい。

空きっ腹にアルコールががつんとクる。すこしくらくらしながら天木はグラスを置き、居住まいを正した。

「青馬、今まで面倒を見てくれた事に礼を言う。ありがとう」

天木が頭を下げると、青馬も慌ててグラスを置いた。

「やめてくれ。礼を言われるような事など俺は何もしていない。俺はタイ兄のふりをして、その、怜也兄に不埒《ふらち》な真似もしたし……むしろ罵倒《ばとう》されるべきなんだと、思う」

青馬の言葉に、天木はほんのりと目元を上気させる。

確かに大成の名を騙《かた》って抱くなんて言語道断だが、気づかなかった天木も同罪だ。天木は行為を最後まで受け入れ、楽しんだのだ。

好きだと譫言《うわごと》のように繰り返す切ない声はいまだ耳の奥に残っている。

「う、まあ、そうだが、実際片腕が思うように動かないと、どうしようもなく不便だったからな。色々手伝ってもらえて助かった」

もごもごと呟き、天木はチーズに手を伸ばす。

「そうか。……その、もしよければこれからもこの家に滞在しないか？　まだ包帯も取れないんだし、ここにいてくれればこれまで通り手伝える」

おずおずと青馬が提示した案を、天木は即座に切って捨てた。

「それは駄目だ」

青馬の言う通りにしたらどういう事になるか容易に想像できた。

青馬は天木に気がある。そんな男に世話になるなんて、水心ありと思われて当然だ。青馬が悪い男ではない事も、盲目的に自分を慕ってくれている事もわかっているが、大成が死んだばかりの今、天木にそういう気はなかった。

青馬はあからさまに肩を落としたが、あがくのはやめなかった。

「わかった。では怜也兄、これだけの事をしておいて今更だが、俺は怜也兄と昔のような関係に戻りたい。これからも時々会ってくれないか？」

天木は青馬に胡乱な目を向ける。その途端、青馬は気圧されたように目を伏せた。

「友達としてで、いいんだ」

悄然《しょうぜん》とした姿にかつての気弱な子供の姿を見いだしてしまい、天木はそれ以上強く言えなくなる。頷くと、青馬はよかったと小さな声で呟きワインのグラスを干した。

天木も釣られたようにグラスを口に運ぶ。二人でワインを舐めながら、料理とも言えない料理をつつく。

薄暗い間接照明の下、波の音がかすかに聞こえる。音楽もテレビの音もない静けさが心地いい。

ふわふわとした酔いに、天木の口も軽くなる。

「なんだかおまえ、雰囲気が変わったな。大成にしては変だと思っていたが、青馬だとはちっとも気づかなかった。前はもっとひょっとした感じだったのに、でかくなってしまって……」

「そうか？　怜也兄と会わなくなってから色々あったからな。母が死んで、親族たちとやりあった末この家を相続して、就職して」

「そ、か。お母さん、亡くなられたんだったよな。それからずっと一人暮らししてきたのか」

「ああ、俺には一緒に暮らすような人なんていなかったからな」

大成から聞いてはいたが、ちょうど仕事の納期にあたっていた事もあり、天木は香典《こうでん》を送る事で焼香《しょうこう》に代えていた。

家のあちこちに放置されていた花は、もしかしたら青馬の母親が生前に生けていたものなのかもしれない。

大好きな母親を喪《うしな》ってから何年も、枯れた花に囲まれて孤独な日々を過ごしてきたのかと思うとひどく切なくなってしまい、天木はしんみりとワインを舐めた。

「なあ、青馬。おまえ今までにその、恋人とかは――」

青馬の目が冷ややかに細められ、顎が反らされた。

挑発的な表情に、天木の声が途中から小さくなってゆく。

青馬は長い足を優雅に組むと、恐ろしく艶美に微笑んだ。

「いた事もあったよ。怜也兄の事を早く忘れたかったからね。だがどの子も一月も保たなかった。――好きだと思えなかったんだ。どんな可愛い子でも。男も試してみたが、駄目だった」

鬱屈《うっくつ》を吐き出すように言うと、青馬は手に持っていたグラスを一気に呷《あお》り空けてしまった。酔いのせいか潤んだ目元に凄絶《せいぜつ》な色気がある。

天木は気まずい思いでチーズを囓《かじ》っていたが、またそろそろと口を開いた。

「あー、ずっと不思議だったんだが、なぜ私なんだ？　おまえ、このタッパにこの顔なんだ。私などに拘《こだわ》らなくてもいくらでももてるんじゃないか？」

青馬は僅《わず》かに頭を傾けた。

「褒《ほ》めてくれているのか？」

「まあ、そうだな」

ぶっきらぼうに返すと、青馬の表情が少し柔らかくなった。ソファの背に頬杖を突きどこか遠くを見るような顔で青馬は告白し始める。

「小学校にあがる前から怜也兄の事は好きだった」

自分で聞いたくせに天木は驚愕した。

小学校にあがる前？　そんな昔からなのか？

「覚えているか、怜也兄。まだ小学校にも上がらない時分、怜也兄はタイ兄のお父さんを見て、誰も見ていない所でもあんな風に優しいんだろうかと首を傾げていた」

「え——本当に？」

「本当だ。その頃の俺は、両親といられる怜也兄やタイ兄がただただ妬《ねた》ましいばかりのいじけた子供で、怜也兄がどうしてそんな事を言うのかわからなかった。でもそう言う怜也兄がひどく淋しそうだったから、ずっと忘れられずにいた」

青馬は過去を懐かしむように小さく微笑《わら》った。

「段々と怜也兄のご両親について知り、あの時の言葉の意味を理解できるようになって、俺はようやく自分だけが不幸な訳じゃないと気がついた。タイ兄やおばさんに甘えてべそべそ泣いてばかりいた自分が恥ずかしくなったよ。怜也兄が泣いたのはたった一度だけ。

それからはタイ兄の部屋に泊まったりはしていたけれど、一度も泣き言を言ったりしなかったのに」

「何故断言できる。毎晩大成に泣きついていたかもしれないぞ」

照れくさくて混ぜ返す天木に、青馬は溜息をつく。

「怜也兄。あれだけご両親の喧嘩の音に悩まされていたのに、なぜ団地の各部屋の防音が甘いって事に気付かないんだ？」

「――何？」

聞き流してはいけない事を言われたような気がして、天木は瞬いた。

青馬が気怠い仕草で自分のグラスにワインを注ぎ足す。

「俺にとってあんたは、憧れだった。あんたは綺麗で頭がよくて、いつも俺に優しくしてくれた。俺はあんたのようになりたいと思うと同時に、あんたの力になりたいと望んでいた。――ああ、どんなに言葉を尽くしても足りないな。とにかく俺はずっと、あんたに夢中だったんだ。いつもあんたの事を考えていた。こんなに――小さな頃から」

だが目を細め初恋を語る青馬の顔はもう、おとなしい子供のものではなかった。

「あの頃から俺の気持ちは変わらない。あんたが好きだ。誰もあんたの代わりになんかならない」

青馬は切なげに天木を見つめる。

じわじわと顔が熱くなりつつあるのに気づき、天木は狼狽えた。

「あのなあ、俺は男なんだぞ」

そしてここにいるのは、あの小さくて可愛い青馬だ。

「だから？　ねえ、怜也兄。赤くなったって事は、少しは俺の事意識してくれているのかな？」

「これはアルコールのせいだ。意識なんかしていない」

天木は青馬を睨みつけた。青馬は涼しい顔で微笑んでいる。

グラスを一気に空け、天木はサラミに歯を立てた。それからふっと気づく。

青馬を意識できる筈などなかった。大成が亡くなってからまだ、一週間しか経っていないのだから。

たった、一週間。

そう思ったら、躯の内側がしんと冷えこんできた気がした。

もう三人で笑いあい、時を過ごせる事はないのだ。

胸の裡で恋人の名を噛みしめるように呟き、天木は青馬が満たしてくれたグラスを呷る。

「ごめん、冗談だ。そんな困った顔しなくていい。タイ兄が亡くなったばかりなのに、強引に怜也兄をどうこうする気はないから安心して」

「ん……」

天木は毟るように眼鏡を取ると、拳で目元を擦った。

青馬が席を隣に移し、天木の躯に腕を回す。

「タイ兄は、男前で優しい人だった。——お祭りに行って迷子になってしまった事、覚えている？」

「——ああ」

まだ青馬が小学校に上がる前だった。夏祭りに行こうと大成が言い出した。隣町の祭りは規模が大きく、出店が沢山出る。

どういう理由だったのかは覚えていないが、その日は大人たちが皆不在で、子供たちはお祭りに行ってきますという置き手紙だけを置いて出発した。

その神社は団地から遠く、天木も大成も数える程しか行った事がなかった。

それでも行きは問題なかったのだ。遠くから聞こえるお囃子《はやし》に皆わくわくしていた。貯金箱をひっくりかえして浚《さら》ってきたお小遣《こづか》いで綿飴を買って、御神輿《おみこし》を眺めて、神社でお参りして——さて帰ろうとして、天木と大成は自分たちがどっちから来たのかさえわからなくなってしまっている事に気付いた。ただでさえ馴染みのない町並みはびっしりと立ち並ぶ露店によって迷路と化している。

「あの時は、焦ったな」

「そうは見えなかったが」

天木は眉根を寄せてみせた。

「そりゃ年下の子にみっともない姿は見せられないからな。青馬だって暗くなってきてたのに、楽しそうに出店眺めてたじゃないか。泣かれるかと思ったのに案外図太くてびっくりしたぞ」

「タイ兄が折角連れてってくれたのに、泣くわけにはいかないさ」

「うん？」

青馬は小さく笑った。

「あの日の前日、急に母の具合が悪くなってね。それで俺は急にタイ兄の家に預けられたんだ。俺が母がどうなってしまうのかが不安で鬱《ふさ》ぎ込んでいたから、タイ兄は気晴らしに連れ出そうとしてくれたんだと思う」

いつもは行かない隣町のお祭りまで。道はわかると虚勢を張って。

「――――そう、だったのか……」

闇を照らし出す提灯《ちょうちん》の赤い光。

笛や太鼓の音が賑々しく街に響く夜。

大成だってまだ小学校低学年、不安だったろうに青馬の前では平気な顔をしていた。小さな頃からそういう気遣いのできる男だったのだ。

大成が笑っていてくれたから、天木も笑っていられた。出店を眺めて歩きながら落ち着いて周囲を見回し、帰り道を見つける事ができた。

思い出すと、泣けてくる。

大成に、会いたかった。もう一度だけでもいいから、会いたい。

だがここで泣くわけにはいかないと、天木は必死に涙を堪えた。青馬が言った通り、天木にとってこの年下の幼馴染みは庇護の対象だった。弱みを見せても頼ってもいけないと思っている。

だが今服ごしに感じられる青馬の胸には自分とは比べものにならない厚みがあった。背中に腕を回されると、大成に抱きしめられているような気分にすらなる。

そう気付いた途端突き上げてきた嗚咽《おえつ》に負け、天木はぐす、と鼻を鳴らした。

今、だけ。もう少し、だけ……。

そう己に言い聞かせながら天木は青馬に寄りかかる。

青馬の指が優しく天木の髪を梳く。遠く微かに海の音が聞こえ、程良い酔いが眠気を誘う。

やがて泣き疲れて眠ってしまうまで、青馬はずっと天木を抱いていた。時折こっそり髪に切ないくちづけを落としながら。

＋　＋　＋

翌朝ゲストルームのベッドの上で目覚めた天木は憮然とした顔で起きあがった。

初めて泊まった日の朝と同じように、青馬が涼しい顔でベッドに腰掛け天木を見ている。

「朝食の支度ができてる」

「うー」

天木は前のめりになって、こめかみを押さえた。

頭が割れるように痛い。

「食事の前に、シャワー、貸りていいか……」

「ああ」

よたよたと廊下を進む天木の後ろを、青馬がついてくる。

浴室の窓からはうららかな春の陽が燦々と差し込んでいた。酒臭くなってしまったワイシャツを脱ぐと、青馬が包帯が濡れないよう、ビニール袋を被せる。一緒に入ろうかという申し出を断りガラス戸を閉めた天木は、左手を壁に突きうなだれた。

浴びる程飲んだアルコールと頭痛のせいで朦朧《もうろう》としていた頭が徐々にはっきりしてくる。

「なんて事だ……」

天木は全部覚えていた。酔っぱらって青馬の胸に縋って泣いた事も、自分のどこが好きなのか問いつめた事も。

天木は情けない気分でコックを捻り、熱いシャワーを頭から浴びる。

弟のような青馬に醜態を晒してしまった、それがひどく恥ずかしく、口惜しい。

服を身につけ髪を拭きながらリビングへ行くと、テーブルの上にはご飯と味噌汁、昨日の酒のつまみの残りにだし巻き卵というメニューが並んでいた。

例によって様々なパッケージのゴミでキッチンが散らかっているのを横目に見ながら、天木はソファに腰掛ける。すかさず青馬がやってきて、天木からタオルをとりあげ髪を拭き始めた。

「青馬、いいって」

「この間は怜也兄が拭いてくれただろう。そのお返しだ。片手ではやりにくそうだし」

この日も青馬は青馬の顔をしていた。

「おまえは二日酔いになってないのか」

「俺は肝臓が強いらしい。一度くらい二日酔いというものを経験してみたいと思っている」

「……可愛くないな……」

「ふふ」

髪を拭き終わった青馬が向かいの席に座る。

「今日は俺はどっちに見えているんだ」

むかむかしている胃にインスタントの味噌汁を流し込みながら天木は上目遣いに青馬の顔を見つめた。

「青馬だ。ずっとこうであってくれればいいんだが」

「油断しない方がいいと思う。脳機能障害はリハビリしていても、今日できるようになった事が明日にはまたできなくなったり、一進一退を繰り返す事が多いらしいんだ。日によって状況にむらがあるものだと思っていた方がいい」

「私は治療を受けなくていいのか？」

青馬は優雅な箸使いでだし巻き卵を切り分けた。

「薬はちゃんと飲んでいるだろう？　怜也兄の障害は人の顔が見分けられない事だけ、他は正常で日常生活になんの支障もない。とりあえずは経過観察以外やれる事はないと言われている。心配なら次の通院時に尋ねてみればいい」

その日は結局、昼まで青馬の家でだらだらして過ごした。

青馬が食器を洗っている間に、ふとリビングの隅のテーブルに布が掛けられているのに気がつきめくり上げてみた天木は、脳障害系の本が山のように積まれているのを発見し、複雑な顔になった。

天木が何も知らずにいた間、青馬は一人で勉強していたらしい。

残っていた荷物をまとめていると、青馬が団地まで車を出そうと申し出てくれた。ついでに世話になった数日の礼代わりに天木が昼食を奢る事にする。

荷物をトランクに納め、扉を閉めると、大成が見えた。隣の家の前に駐車している車に寄りかかり、天木の方を見ている。

一瞬視線を揺らしたものの、天木は間違わなかった。

あれは青馬の隣人だ。大成ではない。

「怜也兄、行こう」

玄関に施錠《せじょう》してきた青馬が運転席のドアを開ける。

天木も助手席のドアを開け乗り込もうとして——青馬の隣人を振り返った。

さよなら、と胸の中で呟き、助手席に収まる。

+ + +

公園のベンチで同僚と弁当を広げていた天木は携帯の着信音にむうと箸を噛んだ。弁当を置き、同僚にすまんと断ってから携帯を引っ張り出す。

表示された青馬の名に、食事を邪魔されて不機嫌だった天木の表情が和らいだ。

「——はい。どうした」

『青馬だ。今、平気?』

「ああ」

大成を失ってから3年、天木は青馬とつかず離れずの関係を続けていた。

付き合っている訳ではない。定期的に会って飲むという、普通の男友達らしい関係だ。

最初のうちは仕事帰りにお互いの家の中間地点にある居酒屋を選んで会っていたのだが、そうするとどっちの家からも遠くなる。だんだんと面倒になり、青馬の家で泊まりがけで飲む事が多くなった。

したたかに飲んで、そのまま寝てしまう。

天木が目覚めるのは、いつもゲストルームのベッドの中だ。

ベルトが外されシャツの胸元も緩められているがそれだけで、不埒ないたずらをされている事はない。

青馬は約束を守り、天木に触れようとはしなかった。だが天木を見つめる眼差しは常に熱っぽく、時々思い出させるように艶やかな声で口説《くど》こうとした。

天木に嫌われ遠ざけられるのを恐れているのだろう、決してしつこく食い下がったりはしない。軽くいなせば小さな溜息をついて諦めてくれるあたり、とても扱いやすい。

大成に成り代わっていた事に対する怒りは不思議な程なかった。

セックスまでした事については思う所がなくはなかったが、天木はあえて考えないようにしている。大成だと思っていたとはいえ、青馬と寝てしまったのだと思うといまだに気恥ずかしくてたまらなくなってしまうのだ。

このままでいいのだろうかと思わなくもなかったが青馬と共にいるのは心地よかった。

小さな頃から見知っている相手である。青馬は天木の食べ物の好みも、どんな事を好みまた不快に思うかも熟知している。お互いにいい所も悪い所も知り尽くしているから、変に期待しないいし、喧嘩するような事もない。

『今週末、怜也兄の誕生日だろう？　もし予定がないなら、うまいものでも食べに行かないか』

青馬に言われ、天木は初めて自分の誕生日が迫っている事を思い出した。日付表示の入った時計をちらりと眺め、携帯を持ち直す。

「気持ちは嬉しいが、週末も出勤だ。何時に帰れるかわからない」

幸いな事に、天木は障害を理由に解雇されずに済んでいた。

それだけではない。社外の人間とは極力接触しないで済むように上司が取りはからってくれた上、どうしても必要な時はサポート役をつけてくれる。

感謝する天木に、上司は『ただでさえ手が足りないのにおまえを解雇できる訳がないだろう』と笑った。

天木の仕事は忙しい時は本当に忙しい。納期が近づくと毎晩遅くまで残業が続くし、土日出勤は当たり前だ。せめて昼くらいは仕事を離れてゆっくり休みたいと、天木は暑くても寒くても公園のベンチで昼食をしたためる。

『じゃあうちに来ないか。俺はどうせ週末は暇だし、何時になっても構わない。食事を用意しておくから』

「それじゃ迷惑なだけだろう」

『怜也兄の顔を見られるのに迷惑だなんて思わない。怜也兄の特別な日を一緒に祝わせて欲しいんだ』

　さらりと言われ照れくさくなってしまった天木は眉を顰めた。

「子供じゃないんだし、今更誕生日なんて別に……」

『そんな風に言わないでくれ。俺にとっては大事な日なんだから。来てくれるだろう？怜也兄』

　携帯を通して、青馬が甘く囁く。青馬の声はどこか淫靡で、聞いているだけでじわじわと熱が上がってくる。

『怜也兄？』

　ふと気が付くと、二人の同僚が興味津々《しんしん》、天木の様子を盗み見ていた。天木は赤くなった顔を背け、冷たく言い放つ。

「わかった。行くよ。だが本当に何時になるかわからないからな。終電近くになる可能性もあるぞ」

『構わない。会社を出る時にメールしてくれ』

ぷつりと通話が切れると、天木は大きな溜息をついた。

「天木先輩、彼女からですか？」

エビフライにかじり付きながら佐藤が尋ねる。

「いや。違う」

力を込めて否定すると、今度は山村が意地悪く唇の端を歪めた。

「またまたァー。なんかこう、幸せそうな顔してましたよ」

「眉間に皺《しわ》寄せたのって、にやにやしちゃわないよーにする為でしょ。唇の端がこう、ひくひくしてましたよ」

死ぬ程仕事が忙しいのに週に一度は合コンに出掛け、事ある毎《ごと》に彼女欲しいと喚《わめ》いているこの後輩たちは、色っぽい話に敏感だ。

天木は脇に退けていた弁当を取り、ベンチの背もたれに寄りかかった。

「幸せそうな顔、か」

そんな顔を自分はしていたのだろうか。

神経質に眼鏡の位置を直し、天木は黙考する。

……していたのかもしれないいな。

「本当の所どうなんすか」

遠慮という言葉を知らない山村が、弁当そっちのけで身を乗り出してきた。

天木は目を伏せ、淡い笑みを浮かべる。

「付き合ってはいないんだが、ずっと付き合って欲しいと言われている相手だな」

佐藤が天を仰いだ。

「ぐあー、そういう人がいるなんて、うらやましー！」

「付き合わないんですか？　嫌ってる感じはしませんでしたけど」

天木は溜息をついた。

箸でおかずを意味もなくつつく。

「あー、そうだな。最初は色々無理だと思ったが、あいつ可愛いし、一途だし。自分でもそういう対象として意識してきてると、最近思う」

電話が来ると、心が浮き立つ。

艶やかな声で名前を呼ばれると心臓が跳ねるし、何気ない青馬の仕草に目を奪われる瞬間もある。

「あれ？　じゃ、何も問題ないんじゃないすか？　ＯＫしないのはアレですか？　恋の駆け引きって奴？」

「いや――――」

天木はちらちら揺れる木漏れ日に目を細めた。

「罪悪感を覚えてしまうんだ」

「はい？」

「なんだか、前の恋人に悪い気がして――」

本当は、悪い事など何もない。死ぬほんの少し前、大成は別れたいと言ったのだから。

だがだからと言って割り切れる話でもなかった。

大成は指輪を返すなと言ったのだ。

「なんでですか？　先輩、なんか悪い事でもして別れたんですか」

後輩たちが無邪気に問う。

天木は力なく首を振った。

「いや。前の恋人は、死んだんだ」

陽気に会話を楽しんでいた後輩たちが顔を強張《こわば》らせた。

「あー、もしかして、その指輪の人ですか？」

天木が薬指に嵌め続けている指輪に触れる。

「そうだ」

山村がおずおずと挙手《きょしゅ》した。

「あのー、先輩、すごく生意気な事言うようですが、死んだ人と恋はできません。先輩の人生は一度きりしかないんですし、亡くなられた恋人さんの事は忘れて、自分の幸せ追い求めてもいいんじゃないでしょうか」

天木は背中を丸め、ろくに中身の減っていない弁当を見下ろした。

「……そうだな。理屈ではわかってんだ。あいつに拘ったって仕方がないって事は」

でも天木にはどうしても最初の一歩を踏み出す事ができなかった。

なぜなら天木の世界にはまだ存在し続けているからだ、死んだ筈の恋人が。

天木は無表情に目を上げる。

ちょうど向かいのベンチに大成が座っていた。カラフルなヘッドホンをつけ、手をポケットにつっこんでいる。

もちろん、これは本物の大成ではない。大成と背格好が似ているだけの別人だ。天木の壊れた脳が大成のように偽っているだけの代物だ。

だが天木の感覚はそうと納得しなかった。

大成が、見てる。

大成の事を忘れ、大成だけの場所を青馬に与えようとしている薄情な天木を。

本当は別人なので当然大成は天木に目もくれない。礼儀正しく微妙に視線をずらしている。

だがわざとらしく視線を外す仕草こそが、天木に静かな怒りを感じさせた。

おまえは何をしようとしているんだ？

俺を忘れる気なのか？　——という。

＋　＋　＋

週末、遅い時間に青馬の家を訪ねた天木は、エプロン姿で玄関に現れた青馬に驚いた。

自宅ではレトルト一辺倒なのに、今日に限って手料理に挑戦してくれたらしい。

以前自分がエプロンをつけていた時、青馬がやけに興奮していた事を思い出す。

長身で体格のいい青馬にエプロンなど似合う筈がないと思っていたのだが、悪くなかった。家庭的な姿は妙に新鮮で、男の色気さえ感じられる。

「……何を考えているんだ、私は」

「？　どうかしたのか、怜也兄」

「なんでもない」

　どんな料理が出てくるのかいささか緊張したが、仕事で疲れているであろう事や深夜だという事を考慮したのだろう、出てきたのは温野菜のサラダに茹《ゆ》で鶏《どり》といった胃に優しいメニューだった。

「へえ、うまくできているじゃないか」

「練習したからな」

　天木が会社を出るとメールしてから火を入れたのだろう、サラダは熱々でまだ湯気が立っている。

「どれくらい練習したんだ」

「怜也兄が来るって約束してくれてから、毎晩。料理なんて家庭科の授業以来で色々大変だった。炊飯器のマニュアルは見つからないし、シンクの下からカビた味噌は出てくるし。──ああ、味噌はちゃんと新しいのを買って来て冷蔵庫に保管した。それが正しいんだろう？」

　青馬が長身の男前なだけに、大まじめに料理の失敗談を語る様が微笑ましい。

　天木は青馬がよそってくれたご飯と味噌汁をテーブルへと運ぶ。

「しかし何故いきなり料理なんかしようと思い立ったんだ？　今まで全然興味なかったんだろう？」

青馬が照れくさそうに目を伏せた。

「そうだけど、嬉しかったから」

「うん？」

「怜也兄、うちに来るといつも何か作ってくれるだろう？　だから今度は俺が作ってやろうと思って」

それだけ言うと、青馬はスリッパをぱたぱたと鳴らしキッチンの奥へと行ってしまった。

ベタだ。

天木はネクタイを緩めると、照れ隠しに乱暴に椅子に腰かけた。

青馬の家で飲む時、市販品にありがちな味付けが好きではない天木は大抵簡単なつまみを自分でこしらえていた。それが青馬にとっては嬉しかった、という事なのだろう。

「あんなの、別に料理なんて言う程のものじゃない」

「怜也兄にとってはそうなのかもしれないな」

冷蔵庫からスパークリングワインを取り出した青馬が、テーブルへと戻ってくる。

「でも俺にとっては何より得難いものだし、特に料理をする怜也兄の姿を見ていると幸せな気分になるんだ」

　ぺりぺりとスパークリングワインの銀紙が剥がされる。コルクを固定しているワイヤを外し、開栓する為にボトルを握りしめ――青馬がふっと笑った。

「怜也兄は男だし、別にいつも飯を作って欲しいとかそういう風に思っている訳じゃないんだが――毎日怜也兄が台所に立つ後姿を見られたらいいなと、時々思う」

　――まるでプロポーズのようだ。

　そう思った瞬間、かあっと顔が熱くなった。

　天木の反応に気づいた青馬の眼差しが色めく。

　――くそ！

　天木はいきなり席を立って洗面所に逃げ込んだ。扉に鍵をかけて、鏡を覗き込む。

「うっ……」

　四角い枠の中には、思った通り顔を上気させた男がいた。年上の威厳などどこにもない。

　天木はむしり取るように眼鏡を外し、うなだれた。

「青馬に毎日、飯を作る、だと？」

　そういうのも悪くない、と思ってしまった己が忌々《いまいま》しくて、天木は唇を噛む。

　独りは、淋しい。青馬と会うのを天木は毎回楽しみにしていた。青馬はいい奴だ。一緒にいると孤独を忘れられるし、とても落ち着く。

幸せな気分になれる。

だが。

洗面台の中をうろうろとさまよっていた視線がふと左手の上で止まった。そこにあるものが何か気付いた途端、浮ついていた気分がすうっと冷める。

「大成……」

天木の左手にはいまだにプラチナの指輪が光っていた。

だが月日が経ち、大成を喪った痛みは薄らいできていた。天木が大成を思い出す事も間遠《まどお》になりつつある。

今、この指輪を見て思い出すのは、テーブルの下で大成に嵌めてもらった事ではなく、冷たい水の中に躊躇なく踏み込み探してくれた青馬の姿だ。

微妙に視線を逸らしている大成の姿が天木の脳裏に浮かんだ。

――これは大成がくれた指輪なのに。

――私はこのまま大成を忘れ去ってしまうんだろうか。

――そして青馬と幸せになる？

――そんな事をして本当にいいのか？

――あんなに好きだと思っていたのに、私にとって大成はその程度の存在だったのか？

「私は、なんて薄情な男なんだろうな」

天木には自分が酷い人非人のように思えた。

大恋愛の末結婚したらしいのに、十年も経たないうちに伴侶を疎《うと》んじるようになった両親と同じだ。あの人たちはそれぞれ別の相手の手を取り、天木を残して行ってしまった。

天木もそのうち大成の事など忘れてしまうのかもしれない。

酷い、話だ。

洗面台に置いた手を握りしめ、天木は鏡の向こうの己を見つめる。

大成の事を忘れたくなかった。大成がいなければ今の自分はなかったのだ。天木にとって大成は、暗雲《あんうん》に覆われた子供時代を照らす唯一の光だった。

私は一体、どうしたらいいんだ――？

控えめに洗面所の扉がノックされ、大丈夫かと問う青馬の声が聞こえる。

天木は高ぶった胸の上を押さえ、大丈夫だと応えた。

大丈夫だ――大丈夫。

顔の赤みが引くのを待ち、天木はリビングへと戻る。

沈んだ天木の様子に何か感じるものがあったのだろう、青馬は先刻の事には触れようとせず、ワインの栓を抜いた。少し冷めてしまった食事を、ゆっくりと楽しむ。

たっぷり用意された料理をあらかた食べ尽くすと、天木は悪いと思いつつも、早々にベッドに入った。明日も朝から出勤せねばならない。

それから二時間も眠っただろうか。

夜中、ふと目覚めた天木は、静かに起きあがった。

トイレに行こうと、ゲストルームを出る。裸足のまま廊下の奥へと行こうとして、天木は小さな物音に振り返った。

青馬がまだ起きているんだろうか。

半身を捻り暗い廊下の向こうを見透かした天木は、静かに躯の向きを変えると音の方向へと歩いていった。

途中で、もう一度同じ音を耳にし、天木は気付く。

これは、氷の音だ。

酒のグラスの中で溶けた氷が崩れる音。

リビングを覗くと、真っ暗な部屋の中に青馬がいた。ソファに座り、強い酒のグラスを前に肘を突いて俯いている。

テーブルの向かいの席の前にももう一つ、同じ酒がなみなみと入ったグラスが置いてあった。客がいるのだろうかと思ったが、青馬以外に気配はない。

「タイ兄」

薄暗がりにぼそりと小さな声が響いた。

酒のグラスの表面を、水滴が流れてゆく。既に長い間置きっぱなしになっていたのだろう、机の表面には小さな水たまりができていた。

悄然とした背中を眺めているうちに、天木ははっと気がつく。

テーブルの上にある手つかずのグラス、あれは大成の分だ。

「俺はどうしたらいい……？」

天木はとっさに扉の脇の壁に背を預け、身を隠した。

青馬が話しかけているのは、大成だ。

青馬もまた、大成を気にしているのだ。

孤独な時期を共に過ごした幼馴染みだから――大事な存在だから。

裏切れないと思ってる。天木と同じように。

――馬鹿みたいだ。

二人ともずっと同じ場所で足踏みしている。

付き合えないと思うなら会うのをやめればいいのに、それもできない。

互いに惹《ひ》かれているからだ。

可哀想だなと天木は思う。まるで蛇の生殺《なまごろ》しだ。自分のように面倒な男に恋したせいで、青馬は身動きもできない。

青馬がグラスの酒を呷る。スコッチの薫《かお》りが天木の元まで届く。

天木は静かに踵を返した。青馬にかけるべき言葉など今の天木にはない。リビングになど来なかったふりをして、薄暗がりに姿を隠す。

＋　＋　＋

空に大きな月が架かっている。

天木は少し遠回りをして、海岸沿いを走る道路を歩いていた。ガードレールの向こう側で黒い海が密やかにざわめいている。

重い買い物袋を下げた天木は時々足を止め、闇に塗り込められたように見える海と空を眺めた。遠くにぽつりと船の明かりが見えるだけの海は、死者の世界にまで繋がっているのではないかと疑わせる何かがある。

呼吸をする度、息が白く煙った。

——怜也兄、明日タイ兄を偲《しの》んでうちで飲まないか。

青馬から電話がかかってきたのは昨夜の事だった。お互いに口にはしなかったが、今日は大成の三回目の命日だ。一人で過ごしたくなかった天木は二つ返事で誘いに乗った。ちょうど会社を出ようとした時に少し遅くなりそうだという連絡が青馬から来たが問題はない。天木は青馬の家の鍵を預かっている。

時間があるのならと、食材も買った。青馬が帰り着く頃までには何品か酒のつまみを用意できるだろう。

青馬宅に辿り着くと、天木は鍵を開け、暗い玄関に踏み込んだ。青馬が帰ってきた時の為に門灯のスイッチを押し、キッチンへと向かう。リビングを通り抜けようとして天木は、真っ暗な室内に誰かいるのに気がついた。

——泥棒？

月明かりに照らし出された庭を背景に、長身の男のシルエットが浮かび上がっている。

天木は男から目を離さず後退り、手探りで壁を探った。

「あ——」

部屋の明かりが点いた瞬間、手の中からスーパーの袋が滑り落ちる。

ソファの背もたれに寄りかかって立っていたのは、大成だった。

「おかえり」

人好きのする笑顔に、現実が揺らぐ。

大成がゆったりとした足取りで天木に近づき、落としてしまった袋を拾い上げた。

腰を伸ばし、凍り付いてしまった天木に僅かに首を傾げてみせる。見慣れた仕草に、天木の肩から力が抜けた。

これは、青馬だ。

「びっくりした。真っ暗な中にいるから泥棒かと思った。随分早く帰れたんだな。今日は遅くなるんじゃなかったのか」

この三年、青馬が大成に見えた事はなかった。突然の再会に、天木の心臓はまだどきどきと脈打っている。

大成は曖昧な笑みを浮かべ、かさかさうるさい袋の中を覗き込んだ。

「何を買ってきたんだ」

「あさり。大成は酒蒸しが好きだったからな。それからおひたしにする菜の花と、パックの鰹節《かつおぶし》に卵。三つ葉入りのオムレツを作ろうと思って」

「ああ、あれ。しゃきしゃきしてうまいよな」

ビニール袋を持ったまま大成が躯の向きを変え、キッチンへと入っていく。

広い背中を見ているうちにたまらなくなってしまい、天木は小さな声で告げた。

「青馬。私には今、おまえが大成に見えている」

調理台に袋を置いた大成が天木を振り返る。

「なあ、怜也。もし俺が本物の大成だったら、どうする？」

青馬では、なかったら——？

和《なご》やかだった空気が一瞬で変わった。きんと張り詰め、肌をちりちりと粟立たせる。

薄暗いキッチンの中、リビングから差し込む光だけに照らし出された男の姿はやはり大成にしか見えなかったが、天木は無理に唇の両端を引き上げ、笑って見せた。

「青馬、冗談のつもりなら、不謹慎だぞ」

「不謹慎、か」

大成が小さく笑う。

やはり冗談だったのだと思い、天木は詰めていた息を吐いた。

だが油断するのは早かった。あ、と思った時には、大成が目の前にいた。

——いつの間に移動したんだ——⁉

片手でうなじを引き寄せられ、天木は目を見開く。
強引な真似はしないという約束を、青馬は今まで破った事がない。
それなのに、唇が重なった。
舌を絡め取られ、天木は喘ぐ。
ちょっと待て。これは——この、感じは——。
大成の、キスだ。
天木は、茫然とした。
——まさか。
ずっと大成の事を思っていた。
帰ってきて欲しい、もう一度会いたい。
そうできたらきっと自分は歓喜するのだろう、と。
でも、違った。
三年という月日は、天木の中に確かにあった感情をも変質させてしまっていた。
胸が焦げるようなときめきはない。
劣情を刺激される事もない。
ただ大切な友人に再び会えた、そんな穏やかな喜びがひたひたと胸に満ちてくるだけ。

――いつの間にか大成が過去の存在になってしまっていた事に気付き、天木は愕然とした。

　大成は少し離れて天木を見つめている。

「あ……大成。私……私は……」

　大成が静かに首を振った。

「怜也が公園や町中で見た俺は単なる幻覚で、俺じゃない。俺は怒ったりなんかしちゃいない」

　天木ははっとした。大成は天木が何を気にしているのかちゃんと把握していたらしい。

「怜也、おまえはもう、俺の事を忘れていいんだ」

　ぽんぽんと怜也の背中を叩くと、大成は買ってきた袋の中身を調理台の上に広げ始めた。

「そんな事を言う為に会いに来たのか？」

　に、と笑うと、大成はあらかじめ砂抜きされたあさりを笊《ざる》にあけた。流水で洗うと、貝《かい》殻《がら》が打ち合わされ賑やかな音を立てる。

　天木の困惑にかまわず大成は軽い口調で語った。

「最初はさ、嬉しかったんだ。おまえが俺の事すごく悲しんでくれて。いつも俺の事思ってくれれて。でも今は痛々しくてたまんねえ。俺はもう、いないのに。いなくなって三年も経つのに、おまえはまだ俺に縛られている」

「そんな言い方するな。私はおまえが好きだから……」

「あのな、怜也。俺はおまえの好意に値するような人間じゃないんだ」

大成は手際よく鍋を火に掛ける。

「何故そんな事を言う」

大成はくるりと天木に向き直り、調理台に寄りかかった。

「おまえさ、ずっと不思議がっていたよな。事故の時、なんで俺があんな、酷い顔していたのかって。あれな、薬のせい」

「クスリ……？」

「抗癌剤《こうがんざい》。吐き気とかすごくてさ、本当にもう、死にたい気分になるんだ」

天木はただ大成を見つめた。

一体、何の話だ？

「びっくりだよな。若いせいで進行が早かったらしくて、気がついた時にはもう体中に転移してた。末期癌って言われてさ、がっくり来たよ。折角天木に指輪やったのに。まだまだやりたい事いっぱいあったのに」

突っ立っている天木の頬や肩に大成が懐かしそうに触れる。天木の感触を己の中に刻み込もうとしているかのように。そこにいつも陽気だった男の姿はない。

「告知されてから頭の中、ぐちゃぐちゃだった。バカみたいになんにも考えられなくなっちまってさ。このままじゃよくない、母さんや怜也に言わなくちゃって何回も思ったんだけど踏み切れなくて、こっそり退職願出して、出張だってその場しのぎの嘘ついて入院した」

「大成」

――三年前。

ろくに連絡も取れなかった期間を経て久しぶりに会った大成は、別人のように憔悴していた。余裕たっぷりの口調は消え、強圧的にものを言い、落ち着きなく動きつつも天木だけは見ようとしない瞳の中には、脅えの色があった。

「あの日、本当は怜也に言うつもりだったんだ、病気の事。だけどこいつ泣くんだろうなとか、色々聞かれるの厭だななんて思ったらどうしても切り出せなくてさ。仕方ないから別れようつったら、おまえすごく傷ついた顔するし、なんかもう、どうしたらいいのかわかんなくなって……気づいたらアクセル踏んでた」

悲鳴めいたブレーキの音が頭の中に響く。

ではあの時の大成は死を目前にしていたのか？　だからあんなにやつれて、すさんだ目をしていた？

「魔が差したって言うのかな。あの時、おまえを一緒に連れて行きたいって、思ったんだ」

「大成……」

なんて事だろう。

大成が死を望むほどに追い詰められていたのに、天木は何一つ気付かなかった。ろくに連絡もくれないと不満を抱いてすらいたのだ。

「おまえを巻き込んだりなんかしちゃあいけなかったのに。馬鹿なことして、ごめんな、怜也。おまえはこんなろくでなしな俺に引け目を感じる事なんてないんだ。もう俺の事なんか忘れていい。青馬を好きなんだろ？」

天木は狼狽え首を振った。

「何を、言ってる……」

へへ、と大成が泣いているような顔で笑う。

「口惜しいが、青馬なら、いい。あいつも意地っ張りなおまえの性格をちゃんとわかってくれてるからな。それにガキの頃から滅茶苦茶おまえを慕ってたし」

「おまえ、知ってたのか……⁉」

「ああ。現《うつ》し世《よ》にいられるんなら絶対おまえを譲ったりしないんだが、死んでしまったんだから仕方がない。青馬とつき合えよ怜也。俺は怜也にも俺の弟にも幸せになって欲しいんだ。それにおまえたちがうまくいってくれないと、俺もいつまでもおまえへの未練が断ち切れない」

「大成……」

茫然とする天木の髪を大成が名残惜しげに掻き回す。

「好きだぜ、怜也。おまえとずっと一緒にいたかった」

あ、また――。

くちづけが、与えられる。歯列を割り、大成が舌を入れてくる。

天木を抱き竦める大成には確かな体温と存在感があった。

天木も両手を大成の首に回す。穏やかに大成に応え、別れを惜しむ。

大成が喉で笑う気配を感じた。

「じゃあな、怜也。幸せにな。もう俺にできる事なんてほとんどないが、俺を見ずに済むようにしてやる。――それから、これは俺がもらってくな」

金属の輪が指から抜き去られようとしているのに気付き、天木はあらがおうとした。

――いやだ。

さよならなんかしたくないのに、ぴったりと寄せていた肉体はみるみる存在感を失ってゆく。天木はとっさに大成の首に回した両腕に力を込めたが、何の意味もなかった。

自分も世界も大成も、全てが溶け崩れてゆく。色をなくし、消えてゆく。

「怜也兄？」

薄暗い中、天木は目を見開いた。

目の前に青馬の整った顔が浮かんでいる。

天木は返事をする余裕もなく飛び起きると、周囲を見回した。

青馬の家のリビングに天木はいた。明かりも点けないままソファに倒れ込んで寝ていたらしい。足下に買い物袋がそのまま置かれている。

魂《たましい》の抜けたような顔をしている天木に青馬が微笑む。

「どうした。もしかして、寝ぼけている？」

――――夢？

天木は瞬く。

いや違う。夢なんかじゃない。

天木は左手を顔の上に翳す。はめていた筈の指輪は、なくなっていた。

ついさっきまで、大成はここにいたのだ。

――そして、いってしまった。

寂寞《せきばく》とした気持ちに押されるまま、天木は手をゆっくり持ち上げると、コートを着たままの青馬を引き寄せた。

腕の中にあるあたたかな血肉に、熱いものがこみ上げてくる。

青馬はここにいる。

確かに傍に存在して、自分に思いを寄せていてくれる。

ただそれだけの事が、比類ない奇跡に思えた。

「怜也兄？」

言葉もなく縋りつく天木に青馬は不思議そうな顔をしたものの、好きなようにさせてくれる。

暗いリビングの中、静かに時が流れてゆく。

そうして天木の長い初恋は終わった。

＋　＋　＋

開け放たれた窓から、かすかに波の音が聞こえてくる。

翌朝、いつものようにゲストルームで目覚めた天木は、すでにシャツとスラックスを身につけた青馬を見上げた。

「どうしていつも、目を覚ますと私の部屋にいるんだ？」

「いいだろう？　別にいたずらしている訳じゃない。見ているだけだ。俺のささやかな楽しみを奪わないでくれ」

ベッドに腰掛け天木の寝顔を見下ろしていた青馬は涼しげな顔をしている。天木は大きなあくびをして、寝返りを打った。

昨夜、料理する気をすっかりなくしてしまった天木は、気持ちが落ち着くと、青馬が買ってきていたブリーチーズとワインで腹を満たしながら大成と会った話をした。

青馬と付き合えと言われた事や、魔が差したと言った事は抜かして。

正気を失ったのだと思われても仕方のない話だと思うのに青馬は天木を疑いもせず、俺も会いたかったと口惜しがった。

ぎしりとベッドが軋む。

薄く瞼を開けてみると、青馬がシーツに手を突き、身を乗り出した。

「今朝、おばさんに聞いて、タイ兄のかかりつけ医に電話してみた」

ふっと波の音が遠くなったような気がした。

天木は輪郭のぼやけた青馬の顔を凝視する。

「それで」

「癌で余命三ヶ月だったそうだ」

やるせない気持ちがこみ上げてきた。

最後のデートの日、天木が知らなかっただけで、大成は死にかけていたのだ。

沈んだ雰囲気を変えようと思ったのだろう、青馬がキスをねだるように顔を近づける。

「怜也兄、調べてきたご褒美《ほうび》をくれてもいいぞ」

「おまえなあ」

眉を顰めながらも天木は青馬のシャツを引っ張った。

そんな事をされるとは予想していなかった青馬が前にのめる。危うい所で手を突くと、
青馬は困ったように首を傾げた。

「そんなに引っ張ったら、本当にキスしてしまうよ、怜也兄」

天木は、微笑む。

青馬は生真面目だ。事故でも天木に触れてしまう事を己に許さない。

でも、もう、いい。

青馬と付き合えよと大成は言った。だからという訳ではないが、天木は心を決めていた。

独りよがりな思い込みから解放されて、ようやく天木にはわかったのだ。

大成はもう、いない。

天木がどんなに大成の気持ちを慮《おもんばか》った所で何の意味もない。天木が大成に囚われれば

それだけ大成も現世に縛られるのだ。

天木は青馬のうなじに掌を当て、引いた。

唇が、重なる。

天木は薄く口を開くと、ちろりと青馬の唇を舐めた。

「怜也兄……っ」

青馬は戸惑い天木を窺う。片手で舐められた口元を押さえる。

色々難しく考えていたが、天木は大成が好き、そして青馬も好き。多分それだけでいい

のだろう。

天木が思わせぶりに自分の唇を舐めてみせると、ようやく気づいたのだろう、青馬は緊

張した面持ちになった。

慎重に天木にのしかかり、くちづける。

「ふ、うン……」

天木は目を伏せ、自分から口を開いて青馬を迎え入れた。舌を絡め、官能を掻きたてる。遠慮がちだった青馬の動きは次第に大胆に変わっていった。

天木を思う様味わうと、青馬は天木の瞼の上や顎のラインの下、鎖骨へと唇を滑らせる。するりとパジャマの下へと侵入してきた冷たい指先に、鎖骨の間のくぼみから臍《へそ》まで撫で下ろされ、天木は思わず身じろいだ。

「あ……」

じいんと。

何かが爪先まで走った。

天木は熱に浮かされたような目つきで青馬を見つめた。ほんのちょっと触られただけなのに、スイッチが入ってしまっている。

――――したい。

躯の奥深く、ずっと眠っていた官能が疼く。

青馬に乳首を軽く摘まれると、天木は切迫した息を漏らした。

「は……っ」

ごく小さな――だが感じているのだと明らかにわかる声を耳にした途端、青馬の表情から余裕が消える。引っ込み思案な弟の仮面が割れ、情熱的な男の素顔が現れる。

まだ柔らかな粒をきゅうっと捻り上げられ、天木は反射的に青馬の手首を押さえた。だが指に力が入らない。

青馬が指の腹で転がしたり、軽く爪を立てたりし始める。天木は与えられる淡い快楽に、もどかしげに躯をよじり、少し開いた唇を震わせた。

普段天木が決して見せない媚態《びたい》に誘われ、青馬が身を屈める。

端正に整った顔が近づいてくるのを、天木は情欲に潤んだ瞳で見つめた。

だが唇が触れる寸前、青馬は動きを止めてしまう。

「念のために確認するが、俺がタイ兄に見えている訳じゃないよな、怜也兄？」

「あいつにはちゃんと昨夜、さよならを言ったし、ちゃんと青馬に見えている。——だから来い、青馬」

青馬が目を細める。天木の意思を確かめるようにくちづけが落とされる。

天木が薄く唇を開いて受け止めると、青馬は窓から差し込む僅かな光に、妖しい程艶めいた微笑を浮かび上がらせた。

唇が天木の肌の上をさまよい始める。

愛撫しながら、青馬は器用に下肢に纏っていたものを脱がせた。

パジャマの上だけの姿になった天木に血をたぎらせながらも、青馬は決して性急に事に及ぼうとしない。無防備に晒された肌のあちこちに愛しげにくちづける。

「おま、それ、やめろ……っ」

こんな所までと思うような場所に顔を寄せられ、あたたかく濡れた舌で丁寧に舐められて、天木はぎゅっとつま先を丸めた。

「なぜ？　キスは、嫌いか……？」

淫靡な笑みに、少し、焦る。

これがあの、いつも後ろをついて回っていた小さな青馬か？

大成として躯を重ねた事はあったが、青馬自身と抱き合うのは初めてで、天木は戸惑う。

「あ……あ……っ。そんなとこ、駄目だって……！」

淫らな愛撫にちりちりと尾骨《びこつ》のあたりが粟立つ。

天木は身をよじって厭がったが、自分より余程力強い腕に押さえつけられ、気が済むまで舌で愛撫された。

年上なのに、翻弄される。

膝の裏や足の付け根、胸の頂《いただき》。

感じやすい皮膚を吸われ、天木は全身をひくつかせた。

触れられずとも天木の前は充血し、露に濡れる。

青馬の舌が蠢く度、下腹が重く痺れた。

これ以上ない程に高ぶってしまっているものをどうしたらいいのかわからず、天木は惑う。

天木は大成しか知らない。そして大成はこんな意地の悪いやり方はしない。

「青馬。青馬、調子に乗るな……っ」

「ふふ。怜也兄、可愛い……」

指先でするりとペニスを撫で上げられ、天木は声にならない叫びを上げた。

「こんなに堅くなってる。俺に舐められて感じた？」

足が割られ、秘部がさらけ出される。ひどく恥ずかしい格好をさせられているのだとぼんやりとわかっていたが、久々のセックスに蕩けてしまった躯では抵抗などできなかった。

舐められたい。

もっと気持ちよくなりたい。

「怜也兄は、興奮するとすごく可愛くなるな。普段も可愛いが、それ以上に可愛い」

後ろの入り口を探られ、天木はひくりとそこを蠢かせた。

触れられると思い出す。そこに太いモノをくわえこむ充足感を。

青馬は三年も使われていなかったせいで狭くなってしまっているそこにゆっくりと指を挿入してゆく。いつの間に用意したのか、潤滑剤でたっぷり濡らされていた指は天木に苦痛ではなく、もどかしさに気が狂いそうになるような快感を与えた。

「う、く……っ」

潤滑剤を足しつつ、青馬は少しずつ奥へ奥へと指を進めていく。天木のペニスの先からぽたりと露が落ち、肉壁がもっとくれと言わんばかりに蠢いた。

「怜也兄のここ、すごくいやらしくて、素敵だ」

狭隘《きょうあい》な肉筒を慣らしながら青馬が天木の前にくちづける。

「は……っ、やめ……っ」

「やめて、いいのか？」

くすくすと青馬は笑い、見せつけるように天木のものをねぶり、吸った。

躯の中で指が鉤《かぎ》型に曲げられ、天木はたまらず仰け反る。快感が弾け、白濁が放たれた。

「はあ……っはあ……っ」

空恐ろしくなる程の解放感と、甘い失墜《しっつい》の感覚。

青馬が天木の精を掌で受け止め、ぺろりと舐める。

青馬に指で、イかされてしまうとは――。

なんだか口惜しくて、天木は青馬を睨みつける。

息も絶え絶えな様子で喘いでいる天木の足を抱え上げ、青馬が腰を進めた。

散々にいじくられた挙《あ》げ句《く》絶頂を迎え、すっかりとろとろに蕩けてしまった後ろに雄が突き入れられる。

「う、あ……っ」

大成のではないモノがずぶずぶと埋まってゆく。

天木は目を潤ませ青馬を見つめた。

やはり、深い。

根本まで青馬を呑み込み、天木は熱のこもった溜息をつく。

とうとう青馬自身と躯を繋げた。

あれだけ躊躇いを感じていたのに、やってしまえばなんて事なかった。

大成と抱き合った時と同じように快楽に脳を灼かれる。汗に濡れた肌は変わりなく馴染み、貫かれる事に慣れた後孔はたやすく雄を飲み込んだ。

これでいいんだという感じがした。

これで、いい。

「すごくイイよ、怜也兄」

青馬の掌に愛しげに腰を撫でられ、肌の下がざわめく。

さらに深い場所まで突き上げられ、天木はああ、と掠れた声を上げた。揺さぶられるまま汗で濡れた両腕で青馬の首に縋りつく。

あんなにおとなしくて弱々しかった青馬の肉体は逞しく、天木にこの上ない悦《よろこ》びを与えた。

「青馬……っ、青馬……っ」

ずっと抑え込んできた愛しさが、躯の中で膨らんでゆく。

きつく目を瞑り、天木は年上らしからぬ嬌声《きょうせい》と共に想いの丈《たけ》を散らした。

＋　＋　＋

開け放たれた窓から入る風が、汗で湿った黒髪をさらりと撫でた。団地の公園で遊ぶ子供たちの声が遠い子供時代を思い起こさせる。

天木は段ボール箱の中にクロゼットの中身を次々と移していた。詰める端から青馬が部

屋から運び出し、レンタルしてきたワゴン車に積む。

付き合い始めてまだ一月も経っていないが、天木は青馬にねだられ古い洋館に引っ越す事にした。

隣に住んでいた萩生田家は、大成の思い出の残る家で暮らすのはつらいからと既に引っ越してしまっている。天木が団地に家を持ち続ける理由はもう、どこにもなかった。

家具の類《たぐい》は大成の家に揃っている。愛着のあるものだけいくつか持ち出し、あとは業者に処分を頼む予定だ。念のために連絡してみた両親からは、残っているものは全て処分していいと言われた。彼らにとってこの家に残してきたものは全てゴミにすぎなかったのだろう。

最初にライティングデスクや本棚といった大物を運び出したせいで、天木の部屋はがらんとしている。服でいっぱいになった箱を玄関に出すと、天木は運び出すべきものが残っていないか、すべての家具の引き出しや扉を開け、チェックした。

「あ……」

怪我をした時に使っていた包帯が出てくる。もう使う事などないだろうと思いつつも、綺麗に巻いてしまっておいたものだ。

「怜也兄、荷物はあとどれくらいありそうだ？　そろそろ容量いっぱいになりそうなんだが……」

戻ってきた青馬が、天木が手にしている白い布の塊《かたまり》に気付いた。

「それ、腕を怪我した時のか?」

「ああ」

天木がテーブルの上に置いたそれを、青馬が手に取った。

「懐かしいな。……帰ったら、また使ってみようか」

「使うって、何にだ?」

天木も青馬も怪我などしていない。不思議に思って問い返すと、青馬が意味ありげな笑みを浮かべた。

「怪我以外にも使い道はあるだろう?」

するりと腰に手が回され、引き寄せられる。作業は終わってないのに何をするんだと顔を上げるとすぐ目の前に青馬の顔があって、天木はとっさに目を伏せた。

瞼に軽く唇が触れる。

次いで両目を塞ぐように掌を当てられ、天木はようやく思い出した。

――青馬をまだ大成だと思っていた時のセックスだ――。包帯で目を塞がれ、一方的に愛撫された。

躯の奥底で何かがざわりと身じろぐ。

「……変態」

天木がぐいと躯を押し戻して冷ややかに罵ると、青馬は形の良い眉を上げた。

「でも悦《よ》かっただろう？」

艶めいた色を載せた声に耳をくすぐられ、天木は青馬を睨みつける。

「ばか。おまえ小さい頃はすごく素直で純真だったのに、一体何処であういう変な事を覚えたんだ」

「俺だっていつまでも小さい子供じゃない。それにあの時は見えない方が安全だと思ったんだ。本当はいつタイ兄じゃないと気づかれるかと、はらはらしていたし」

天木は憮然とした。青馬がそんな事を考えていたなんて、思いも寄らなかった。

「あのなあ、それ、逆効果だったぞ。見えないせいでやり方が違うのがはっきりわかったからな」

青馬の動きが止まる。少し考えるような間が空き、興味津々の声が続く。

「ふうん、そうか。で、どんな風に違ったんだ？」

「教える訳がないだろう、そんな事」

知ればこの男は真似しそうだ。そんな事はして欲しくなかった。

「今私が付き合っているのは青馬、おまえなんだ。大成の事はもう、気にするな」

青馬が口をつぐむ。

天木は青馬の手の中にある包帯を見つめた。

大成を忘れる訳じゃない。

だが青馬はどこかで自分を大成の代わりのように考えている部分がある。

「私はおまえを大成の代わりにするつもりはない。ちゃんとおまえ自身を、す……好き、でその、引っ越しの事だって決めたんだ……」

甘い言葉を口にするのが死ぬ程恥ずかしくて、天木は言葉をつかえさせた。

甘えるのは、苦手だ。

でも今の天木には、惜しんではいけないという気持ちの方が強かった。

――人生、いつ何が起こるかわからない。今という時を大事にすべきだ。

「怜也兄……」

青馬にはきちんと天木の言いたい事が伝わったようだった。

弱々しい声で名前を呼ばれ、強く抱きしめられる。不安そうな表情が哀れで、天木は自分より余程広い背中を撫でてやった。

「好きだ、怜也兄。愛してる」

てらいもなく贈られるまっすぐな言葉に耳たぶまで赤く染め、天木は青馬の腕の中でもそもそと身じろぐ。青馬の大きな掌が天木の頬を捉え、仰向かせた。

唇を柔らかく吸われる。

どこか敬虔《けいけん》な感じすらする、真心《まごころ》の籠もったキス。

左手が取られ、薬指の上にも唇を押し当てられた。

かつて大成がくれた指輪がはまっていた場所には、新しい銀の輪が煌めいている。

青馬がくれた、指輪だ。

大成の姿を町中で見掛ける事はなくなった。

大成との記憶は薄く、おぼろになりつつある。いつか思い出しもしなくなる日が来るのかもしれない。

でも生きてゆくという事はそういう事なのかもしれないとも天木は思う。

事故で負った傷の痛みはもう思い出せない。

子供の頃、すべての不幸の源《みなもと》のように感じていた両親に対して天木が抱いていた感情も年々色褪せてきている。

「帰ろう、青馬」

天木も青馬の左手を取る。青馬の薬指にもお揃いの指輪が光っている。

いつか青馬との関係にも、終わりが訪れるのかもしれない。

でも今は。

肩を並べて古い団地の部屋を出る。空は雲一つなく晴れ渡り、陽が射し込む廊下は光に溢れていた。

しあわせ

なあんと甘い声をあげ、所長が飼っている長毛種の猫が足元に擦り寄ってくる。

昼休み、ほとんどの者が外に出てしまったせいでがらんとした事務所の中、青馬《せいま》は作業を進めながら電話番をしていた。

今日は早退の予定があるので、昼休みは取らない。

人がいなくなって淋しくなったのだろうか、猫は青馬の足に躯《からだ》を擦り付け、構ってくれとねだるのをやめない。キリのいい所まで作業を進めると、青馬は手を止め、猫を膝の上に抱え上げた。

もう一人、事務所に残っていた同僚が、椅子を軋《きし》ませ大きく伸びをする。

「なあ、青馬。今日の早退ってさ、葬式？」

朝、青馬が喪服《もふく》をロッカーにかけるのを、この同僚は見ていた。

「お通夜《つや》です。三つ年上の従兄弟《いとこ》が事故を起こして、亡《な》くなったので」

「え、木乃《きの》と三歳差？　若いなあ。残された家族はたまらんだろうな」

一回り年上の同僚が顔を顰《しか》める。

——たまらないなんてもんじゃない。

青馬は猫に頬ずりした。小さなぬくもりに慰《なぐさ》めを求めて。

病院に駆けつけた時、大成《たいせい》の母親はひどく取り乱していた。落ち着いてからも、魂《たましい》が抜け落ちたような顔をしていた。

仕方のない事だった。彼女の大事な一人息子が失われてしまったのだ。

彼女は本来、朗《ほが》らかで屈託《くったく》のない人だった。

青馬は幼少期のほとんどを彼女の家で過ごした。母親が入院がちで、とても青馬の面倒など見られなかったからだ。

母親から引き離され、不安で仕方なかった青馬の頭を、彼女は優しく撫でてくれた。自分の家だと思ってくれていいのよ。大成の事はお兄ちゃんだと思ってね。大成もちゃんと青馬くんの面倒見るのよ。

彼女は大成と青馬を完全に平等に扱ってくれた。いやむしろ小さいからと、大成より優先してくれた。大成も母親を半分取られたようなものなのに拗《す》ねもせず、青馬の面倒をよく見てくれた。

青馬もまた天木《あまき》と同じように、彼らにかけがえのないものをもらって育ったのだ。だが、青馬が恩返しをするより早く、大成は死んでしまった。嘆《なげ》き悲しむ大成の母親を前にして、青馬は己の無力さを思い知った。

青馬には何もできなかった。慟哭《どうこく》する彼女を抱き締め、ありふれた慰めの言葉をかける以外の事は、何も。

「そうですね。従兄弟が死んだのもショックだったんですが、一緒に事故に遭《あ》った従兄弟の恋人がなかなか意識を取り戻さなくて」

うわ、そりゃ大変だという合いの手を、青馬はぼんやりと聞き流す。

青馬の脳裏には、病院のベッドに座った天木の凛《りん》とした横顔が浮かんでいた。

自分の背が伸びたからだろう、数年ぶりに会った天木は以前より小さく、線が細くなったように思われた。だが見た目とは逆に、落ち着いた物腰で微笑み――青馬を大成と呼んだ。

青馬は愕然《がくぜん》とした。

確かに一度、大成の死を伝えたのに、天木は恋人の死を記憶から消し去ってしまったのだ。

演技には見えなかった。

青馬を大成と呼び、いたわろうとする天木の表情は柔らかかった。おずおずと重ねられた手に、青馬の心は打ち砕かれた。

違いが、まざまざとわかってしまったからだ。自分に対する時とは、天木の空気がまるで違った。無防備で、どこか甘くて、大成への気持ちがありありとわかる。

――怜也《れいや》兄はタイ兄に、こんな風に触れていたのか。

一瞬沸《わ》き立った感情は、だがすぐに鎮まった。

だって大成はもういないのだ。

天木が哀れでならなかった。自分にできる事があるなら、何でもしてやりたいと思った。

「ようやく目覚めたと思ったら、その人、俺を死んだ従兄弟だと思い込んでいるんですよ。しかも俺、子供の頃からその人の事が好きだったんです」

「それは……ヤバいな」

そう、ヤバい。

青馬は両手で猫の顔を挟み込む。ふかふかの毛を潰すと、驚く程小さな頭の形が露《あら》わになった。おっとりした性格の猫はされるまま、青馬の顔を見つめている。

「その人、今、俺の家にいるんです。怪我《けが》もしているし、とても一人暮らしの部屋には帰せなくて」

「え、ちょっ、なにそのオイシイ展開――」

勢いよく青馬を振り返り、同僚はしまったという顔をした。

「あ……すまん。おいしくなんかないよな、従兄弟さん亡くなってしまったのに」

「謝る必要はありませんよ。俺は聖人じゃない」

そう、青馬は酷い人間だった。

大成が死んだばかりなのに、天木の仕草や表情の一々に目を奪われている。一緒にいられるだけでも心臓が跳ねて苦しいくらいなのに、天木はまるで自分に恋でもしているかのように甘えてきた。無防備に青馬に躯を寄せ、愛しいと言わんばかりに見つめられ、青馬は理性が軋む音を聞いた。

天木が愛しているのは大成。わかっているのに、恋心が募る。

昨夜、青馬は欲望に負け、バスルームで天木に触れた。

天木は全く気付かなかった。今、自分を愛撫しているのが恋人ではない事に。何も知らない天木が乱れる様に、青馬は頭がおかしくなりそうな程欲情した。最後まで抱いてしまわずに済んだのは、奇跡だ。

だが、次はきっとこうはいかない。天木の全てを奪ってしまうという予感がある。

仕方がない、恋人ならセックスするのは当たり前だ。天木が時々キスして欲しそうな顔をしていた事に、青馬は気付いていた。いつまでも触れずにいれば、きっと天木は変に思う。青馬への疑いは、大成の死をつまびらかにしてしまうかもしれない。一途に大成を慕っている天木に、恋人の死を教える訳にはいかない。

逃げ道が、塞《ふさ》がれてゆく。

罪悪感にずきずき痛む胸を無視し、青馬は嘘をつき続ける。

自分は大成なのだという——嘘を。

この上抱いてしまったら、もう贖罪《しょくざい》は望めない。だが青馬には、そうするより他なかった。

——忘れるな。大事なのは、怜也の幸せ。

気付かなければ天木は幸福でいられる。だから青馬は大事に大事に天木を嘘でくるむ。

大成と呼ばれる度、胸が痛むけれども——別にいい。

「あー、木乃。その、あんま思い詰めんなよ」

同僚がおずおずと慰める。

青馬は猫を抱き締め、小さく嗤《わら》う。

大丈夫だと応えた青馬の目の中には、好きな人といられる幸せと絶望とが混ざり合い、さざなみをたてていた。

■あとがき■

こんにちは。成瀬かのです。

この度はこの本を手にとってくださってありがとうございました！

三人称のお話です。お仕事もらうきっかけが一人称のお話だったので、なんとなくショコラ文庫さんでは一人称で書き続けてきたのですが、それを初めて崩してみました。如何でしたでしょうか。

「さよなら」はプロット立てる所まではよかったのですが、なかなか本文が決まらず、書き直して書き直して、編集さんにも何度も読んでいただいて、くじけそうになる度小椋ムク先生の挿し絵が待っていると己を奮い立たせて、ようやく今の形に仕上げる事ができました。

粘り強くご指導くださった編集さんに本当に感謝しています。

本文で苦しんだ一方で、攻視点番外はすごく楽しく一気に書かせていただきました。受視点からだけ見ているとアレですが、攻にとっては拷問のような状況だったのですよ……というのを主張したかった！
本文の中では書ききれなくて、心残りに思っていた事を形にできて満足です。

挿し絵を描いてくださった小椋ムク先生にもありがとうございました！
表紙ラフも何バージョンも描いてくださって……できあがった文庫が手元に来る日が楽しみでなりません。

それでは次の本でもお会いできる事を願いつつ。

成瀬かの
http://karen.saiin.net/~shocola/dd/dd.html

初出
「さよなら」書き下ろし
「しあわせ」書き下ろし

CHOCOLAT BUNKO

この本を読んでのご意見、ご感想をお寄せ下さい。
作者への手紙もお待ちしております。

あて先
〒171-0021東京都豊島区西池袋3-25-11第八志野ビル5階
(株)心交社　ショコラ編集部

さよなら

2013年4月20日　第1刷

著　者:成瀬かの
発行者:林 高弘
発行所:株式会社　心交社
〒171-0021　東京都豊島区西池袋3-25-11
第八志野ビル5階
(編集)03-3980-6337 (営業)03-3959-6169
http://www.chocolat_novels.com/
印刷所:図書印刷 株式会社

CHOCOLAT BUNKO

好評発売中！

この男、手に負えないほど一途。

若と馬鹿犬

成瀬かの　イラスト・海老原由里

鬼哭会の若頭である乾御門には、無口な美貌の護衛・長峰朗が常に付き従っている。だが忠実なはずの朗が聞き分けのない犬のように御門を欲しがり、力ずくで抱いていることは誰も知らない。朗がなぜ自分を抱くのか。掴みどころのない朗に御門は苛立つが…。

何も思い出さずに、俺の傍にいてくれ――。

砂の国の鳥籠

成瀬かの　イラスト・三枝シマ

お前の名はハル、俺達は友達だった――目覚めた時、記憶を失っていたハルに、隻眼の男・イドリースはそれだけを教えてくれた。日本人の自分が、彼の屋敷の巨大な鳥籠に囲われ、高貴なイドリースに傅かれて暮らすことの不自然さに、他に頼る者もないハルは気づかずにいたが…。

小説ショコラ新人賞 原稿募集

賞金

大賞…30万
佳作…10万
奨励賞…3万
期待賞…1万
キラリ賞…5千円分図書カード

大賞受賞者は即デビュー
佳作入賞者にもWEB雑誌掲載・
電子配信のチャンスあり☆
奨励賞以上の入賞者には、
担当編集がつき個別指導!!

第六回〆切
2013年9月30日(月) 消印有効

※締切を過ぎた作品は、次回に繰り越しいたします。

発表
2014年1月下旬 小説ショコラWEBにて

【募集作品】
オリジナルボーイズラブ作品。
同人誌掲載作品・HP発表作品でも可(規定の原稿形態にしてご送付ください)。

【応募資格】
商業誌デビューされていない方(年齢・性別は問いません)。

【応募規定】
・400字詰め原稿用紙100枚〜150枚以内(手書き原稿不可)。
・書式は20字×20行のタテ書き(2〜3段組みも可)にし、用紙は片面印刷でA4またはB5をご使用ください。
・原稿用紙は左肩をクリップなどで綴じ、必ずノンブル(通し番号)をふってください。
・作品の内容が最後までわかるあらすじを800字以内で書き、本文の前で綴じてください。
・応募用紙は作品の最終ページの裏に貼付し(コピー可)、項目は必ず全て記入してください。
・1回の募集につき、1人2作品までとさせていただきます。
・希望者には簡単なコメントをお返しいたします。自分の住所・氏名を明記した封筒(長4〜長3サイズ)に、80円切手を貼ったものを同封してください。
・郵送か宅配便にてご送付ください。原稿は原則として返却いたしません。
・二重投稿(他誌に投稿し結果の出ていない作品)は固くお断りさせていただきます。結果の出ている作品につきましてはご応募可能です。
・条件を満たしていない応募原稿は選考対象外となりますのでご注意ください。
・個人情報は本人の許可なく、第三者に譲渡・提供はいたしません。
※その他、詳しい応募方法、応募用紙に関しましては弊社HPをご確認ください。

CHOCOLAT BUNKO

【宛先】
〒171-0021
東京都豊島区西池袋3-25-11　第八志野ビル5F
(株)心交社　「小説ショコラ新人賞」係